KB114635

여섯 영혼의 노래, 그리고 가수

여섯 영혼의 노래, 그리고 가수 3

킹묵 장편소설

초판 1쇄 찍은 날 § 2018년 4월 23일
초판 1쇄 펴낸 날 § 2018년 4월 30일

지은이 § 킹묵
펴낸이 § 서경석

총괄팀장 § 최하나
편집책임 § 이종식
편집 § 김경민

펴낸곳 § 도서출판 청어람
등록번호 § 제387-1999-000006호
등록일자 § 1999. 5. 31
어람번호 § 제1-2889호

주소 § 경기도 부천시 부일로 483번길 40 서경B/D 3F (우) 14640
전화 § 032-656-4452 팩스 § 032-656-4453
http://www.chungeoram.com
E-mail § chungeorambook@daum.net

ISBN 979-11-04-91713-4 04810
ISBN 979-11-04-91686-1 (세트)

3

킹묵 장편소설

여섯 영혼의 노래, 그리고 가수

FUSION FANTASTIC STORY

도서출판 청람

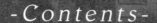

-Contents-

Chapter 1
선물 준비

    호텔로 돌아온 마크는 속이 안 좋은지 얼굴을 찡그리고 있었다. 함께 온 벤은 마크를 보며 고개를 저었고, 콜린은 마크에게 소화제를 건넸다.

    "그러게 왜 먹었어."

    "후가 하도 맛있게 먹길래. 그게 뭐라고? 순댓국?"

    "왜? 또 먹으려고?"

    "노노! 다음부터 절대 안 먹으려고. 후가 혹시 일부러 이상한 거 먹자고 그런 건 아니겠지?"

    "아니야. 벤은 잘 먹었잖아."

마크는 소화제를 먹곤 의자에 몸을 기댔다. 시체같이 축 늘어져 눈만 뜨고 콜린을 보며 물었다.

"보니까 아니지?"

"그래, 아닌 거 같더라. 네가 들려줬을 때는 혹시나 했지. 내가 아는 사람인가 해서. 말도 안 되는 일이지만, 네가 보여준 영상 속 노래를 듣자마자 빈센트가 떠오르더라고."

옆에서 대화를 듣던 벤이 고개를 갸웃거리며 대화에 끼어들었다.

"빈센트가 누군데?"

"아, 넌 못 봤지? 뉴욕에 있는 스튜디오 주인."

"아, 마크가 영화음악 부탁하려다가 실패한 사람?"

마크는 벤을 째려봤고, 콜린은 그런 마크를 보며 피식 웃고서 말을 이었다.

"그래서 언제 돌아갈 거야?"

"곧 가야지. 영화가 조금 더 완벽해질 수 있을 것 같은 느낌이야. 저번에 시나리오 보여줄 때 말한 것처럼 캐스팅해 줄 수 있어?"

"돌아가서 시나리오부터 마저 작업해. 섭외는 직접 만나서 얘기해 볼게."

다 죽어가던 마크의 눈이 영화를 얘기할 때만큼은 또렷해졌다.

　　　　*　　　　　　*　　　　　*

　라온 엔터의 사무실에 있던 김 대표는 윤후의 기사를 보며 만족스러운 얼굴이었다. '할리우드의 러브 콜을 받은 K—POP 스타'라는 기사와 인터뷰 때문에 대중에게 실력파라는 어필이 제대로 된 것 같았다. 윤송과 있었던 스캔들의 비화가 오프 더 레코드처럼 나온 기사들을 시작으로 점차 사그라지고 있었다.

　모든 연예인이 가지고 있을 안티팬들은 끝까지 채우리를 언급하며 바람둥이 이미지를 언급했지만, 그 댓글을 김 대표는 대수롭지 않게 읽어 내려갔다. 그는 한참을 읽고 난 뒤 의자를 돌려 옆에 앉아 있는 이주희를 쳐다봤다.

　"하하, 역시 'W. I. W.'의 회장님답습니다! 하하하!"

　이주희가 김 대표를 보며 환하게 웃었다.

　"다 대표님 덕분이죠. 마크 인터뷰 못 했으면 또 막혔을 텐데요."

　"그런데 어떻게 취재하실 생각을 하셨어요?"

　"히히, 저번에 '기획사 전쟁' 볼 때 OTT 멤버가 오리 엔터 보면서 KM에서 같이 연습생으로 있었다는 말이 신경 쓰였어요. 그래서 알아보니까 방송 있기 전까지 KM에 있었는데 갑자기 오리로 옮겼더라고요. 딱 봐도 힘없는 연습생 애들 돌려 쓰기 한 거 같더라고요. 이 대표랑 KM 김 대표랑 가족인 건 다 아는 사실이니까 설마 했는데 그래도 냄새가 너무 나잖아요."

"하하, 그렇죠! 그 자식은 그냥 있어도 냄새가 엄청 심하죠. 하하!"

"풋, 대표님이 저한테 특종이라고 전화한 날 있죠? 그날도 오리 엔터 앞에서 죽치고 있는데 이 대표 차가 회사로 나가더라고요. 그래서 일단 쫓아가 봤죠. 그런데 차에 타고 있던 사람이 이 대표가 아니라 차 실장!"

김 대표는 이주희의 말에 엄청난 리액션을 보이며 집중했다. 싫어하는 오리 엔터가 물먹은 이야기이니 재미가 없을 수가 없었다.

"그래서 쫓아 들어갔는데 처음 보는 남자랑 있더라고요. 조금 떨어져서 보는데 돈 봉투 같은 것도 건네고 이상한 대화도 오가고. 그래서 일단 열심히 사진부터 찍었죠. 히히."

"아, 역시 기자 정신이 투철하십니다. 하하하!"

"차 실장이 있는 곳에서 물어보면 기사가 나가기 전에 대응할 것 같아서 나가길 기다렸다가 우 기자라는 사람만 남았을 때 덮쳤죠. 현장을! 그래서 밴디스 때 취재한 것들이랑 합쳐서 내보냈어요. 지금도 계속 취재 중인데 계속 나와요."

김 대표는 훌륭하다는 듯이 박수를 치며 고개를 끄덕였다.

"역시 훌륭하십니다. 우리나라에도 이 기자님 같은 기자만 있다면 얼마나 좋을까요. 하하하!"

"고소는 어떻게 하실 거예요?"

"업무방해, 명예훼손으로 해야죠. 그런데 윤후가 피해자 조사를 받아야 해서 잠깐만 다녀오면 되는데 그렇게 싫어하네요. 그래야 합의를 하든 집어넣든지 할 텐데."

김 대표는 경찰서란 말에 질색하던 윤후를 떠올리며 고개를 저었다. 왜 그렇게 싫어하는 건지 생각해도 집하고 공방, 회사만 다니던 윤후이기에 싫어할 이유가 없었다. 그래서 얼굴을 찡그렸고, 김 대표의 모습을 보고 있던 이주희는 피식 웃었다.

"참. 저번에 우리 씨 전화번호는 왜 물어보셨어요?"

"아, 기밀인데……."

"왜요? 제가 도와드렸잖아요. 저 이래 봬도 사직서까지 쓰려고 했다고요!"

"하하, 알죠. 당연히 알죠."

김 대표는 주먹을 불끈 쥐는 이주희를 보고 웃으며 입을 열었다.

"걸 그룹 만들려고 했죠. 그런데 좀 곤란하게 됐어요. 밴디스랑 계약하려고 했는데 두 명은 생각이 없다네요. 두 명으로 걸 그룹 하기도 뭐하고, 그렇다고 지금 연습생을 뽑아서 처음부터 가르치자니 시간이 없고요. 이미 데뷔까지 한 사람을 연습생으로 데리고 있기도 그렇고."

이주희는 김 대표의 얘기를 듣다가 문득 취재하던 중 알게 된 일이 떠올랐다.

"멤버를 몇 명이나 생각하고 계세요?"

"저희 회사 사정상 네 명에서 다섯 명 정도면 괜찮을 것 같은데… 당장은 어려울 것 같으니 OTT 애들 데뷔하고서 천천히 생각해 봐야죠. 회사에 여유가 좀 있을 거 같거든요. 밴드 애들은 강유한테 맡기자는 말이 나오니까. 강유도 크게 반대하지 않고요."

이주희는 가만히 생각하다가 취재하는 듯 세세하게 질문을 했고, 김 대표도 의아하긴 했지만 도움을 받은 입장에서 말 못 할 것도 없었다.

"스캔들 때문에 우리 씨 끼워 넣은 거죠?"

"하하, 그렇죠. 한 명의 무명 가수를 윤후가 이끌어주는 그런 그림을 생각했는데 이 기자님 덕분에 지금은 뭐 잦아들고 있으니까요."

이주희는 김 대표를 가만히 보다가 수첩을 펼치고 책상 위에 있는 종이를 가져와 무언가를 적기 시작했다.

"저도 어떻게 될지는 모르겠지만, 일단 연락해 보세요."

"이 전화번호가 뭡니까?"

"예비 멤버들? 안 될 수도 있지만요, 헤헤. 그런데 후 님 때문이면 얼굴부터 공개하겠네요?"

"우선 만나봐야죠."

김 대표는 이주희가 건네준 종이를 가만히 들여다봤다.

*　　　　　*　　　　　*

"괜찮아, 괜찮아. TV에도 나왔으니까 다른 회사에 들어갈 수 있을 거야."

"엄마가 뭘 알아? 말 그대로 끝났다고. 나 끝났다고. 연습생 방출되고 어디서 받아주겠어?"

"임미소, 걱정 마. 엄마가 고소를 하든, 뭘 하든 어떻게 해서든지 돌려놓아 줄게."

"하지 마, 제발. 가만히 있어주는 게 도와주는 거야. 엄마가 뭘 안다고 그래?"

"그럼 어떡하라고! 그렇게 울고만 있을 거야?"

침대에 걸터앉아 하염없이 울고 있는 임미소는 얼마 전 '기획사 전쟁'에서 오리 엔터테인먼트의 소속으로 나온 연습생이다. 오랜 연습생 생활에 지쳐 있던 찰나 KM 엔터에서 혹하는 제의를 해왔고, 다른 두 명의 연습생과 오리 엔터 소속으로 옮기게 되었다. TV에 얼굴을 비출 수 있다는 유혹에 빠져서 기존 소속사로 돌아가지도 못하고 오리 엔터에서조차 방출되어 버리는 결과를 낳아버렸다.

앞으로 데뷔만 남았다고 생각했기에 지금의 상황을 받아들이기 힘들었다. 다른 연습생들과 함께 오리 엔터와 KM을 찾아가 봤지만, 찾아가지 않는 편이 좋았을 것 같다는 생각이 들었다. 그동안 회사가 자신들에게 투자한 금액을 보여주며 한 말이 가슴에 비수로 박혀 버렸다.

"나보고 쓰레기래! 쓰레기 가꾸느라고 생돈을 퍼부었대!"

"어떤 놈이 우리 딸한테 그런 말을 해?"

"엄마, 제발… 나 좀 내버려 둬."

임미소의 어머니는 그칠 줄 모르는 딸의 눈물을 보며 마음이 아픈지 가슴을 쓰다듬었다. 얼마나 열심히 했는지 봐왔기에 딸만큼이나 자신의 마음도 무너져 내렸다.

위이이잉.

그때 책상 위에 놔둔 휴대폰이 울렸다. 혹시나 회사에서 다시 부르는 것은 아닐까 하는 생각에 휴대폰을 집어 들었다.

"누군데?"

모르는 번호로 온 전화였지만, 혹시나 회사일지도 모른다는 생각에 임미소는 엄마의 물음에 대답도 없이 조심스럽게 통화 버튼을 눌렀다.

—임미소 씨, 전화 맞나요?

"네."

—하하, 안녕하십니까. 저는…….

임미소는 한참 동안 말없이 전화를 붙들고 있었고, 엄마는 그런 딸의 모습을 초조하게 지켜보았다.

"네, 알겠습니다. 일주일 뒤 목요일 6시까지 가면 되는 건가요?"

전화를 끊은 임미소는 휴대폰을 양손에 쥔 채 검은 화면을 말없이 쳐다봤다. 엄마는 참을 수 없는 궁금증에 입을 열었다.

"누군데 6시까지 간다는 거야? 회사야?"

임미소는 천천히 고개를 돌려 초조한 얼굴을 하고 있는 엄마를 쳐다봤다. 그리고 눈물 자국이 남아 있는 얼굴로 의아한 듯이 말했다.

"라온이라는 회사에서 만나고 싶대."

"뭐? 사기꾼 아니야?"

"아닌 거 같아. 저번에 같이 방송에도 나온 회사잖아. 엄마가 좋아하는 후 있는 회사."

"어머! 거기가 거기야? 그럼 엄마도 같이 가!"

임미소는 멍한 얼굴로 고개를 끄덕거리며 말했다.

"안 그래도 부모님이랑 같이 오래."

김 대표는 윤후와 함께 사이버 범죄 수사대에서 피해자 조사를 받고 윤후의 집까지 함께했다. 변호사와 동행 조사를 받았기에 별다른 말을 하지 않았음에도, 경찰서에 도착하자 평소 무표정하던 윤후는 불안해하는 모습이 눈에 보일 정도로 떨었다. 그런데 더 이상한 건 경찰서에서 나오자마자 평소대로 돌아왔다는 점이었다. 그리고 집에 오자마자 노래부터 틀었다.

"대표님, 윤후가 또 조사를 받거나 해야 하는 건 아니죠?"

"네… 뭐, 그쪽에서 수긍하고 들어오니까요."

정훈의 반응만 봐도 이상했다. 윤후가 걱정되어서 동행한 건 알겠는데, 오히려 지금은 괜찮아진 윤후보다 더 불안해하고 있었다. 부모라서 그럴 수 있을 거라 생각했지만, 그렇다면 화를 내야지 어째서 윤후를 불안하게 쳐다보는지 알 수가 없었다. 그때, 방에 들어갔던 윤후가 방문을 열고 김 대표를 불렀다.

"대표님, 이것 좀 들어보세요."

김 대표는 걱정과 달리 자신을 멀뚱히 쳐다보고 있는 윤후의 모습에 헛웃음이 나왔다.

"후, 윤후가 어제 밤새 만든 노래를 들려 드리려나 봅니다."

정훈의 말에 김 대표는 자리에서 일어섰다. 그러고는 들어오라고 손짓하는 윤후를 따라 방으로 들어갔다.

"뭐야? 여긴… 방이야, 작업실이야?"

"마이크만 없어요."

라온의 작업실은 윤후의 방과 비교하기도 힘들었다. 악기점이라도 되는 듯 진열된 기타부터 신시사이저로 보이는 건반과 각종 인터페이스가 방 안에 가득했다. 김 대표의 놀란 모습 때문인지 윤후는 기분이 좋은 듯 어깨를 으쓱하고는, 기타에 케이블을 꽂고 작은 앰프에 연결했다.

"들어보세요."

노래를 다 듣고 난 김 대표는 멍하니 자신의 팔을 쓰다듬었다. 어째서인지 영어로 된 가사였고, 알아듣지 못했음에도 소름이 가시지 않았다. 윤후의 미니 앨범인 'Sixth Sense'도 충분히 충격적이었는데 지금 들려준 노래는 그 격이 달랐다. 게다가 윤후의 표정이 하나도 부자연스럽지 않았다. 때론 그리워하는 얼굴이었고 때론 기분 좋아 보이는 얼굴이었다. 김 대표는 그 모습을 멍하니 쳐다봤다.

"좋죠? 그럼 이제 약속 지키세요."

"어, 어? 무슨 약속?"

"음?"

윤후는 인터뷰를 한다는 조건으로 김 대표에게 몇 가지 약속을 받았건만, 약속을 잊은 것처럼 말하는 김 대표의 모습에 기타를 내려놓았다.

"인터뷰하면 음반으로 만들어준다고 했잖아요."

"어? 아, 그랬지."

"꼭이요."

기타 할배를 만나고 느낀 곡을 직접 기타 할배에게 앨범으로 건네주고 싶었던 윤후의 부탁이었다. 이유는 알지 못했지만, 김 대표도 윤후의 다음 곡은 앨범으로 내려던 참이었다. 다만 앨범 사진도 자신이 찍고, 프로듀싱도 자기가 하고, 앨범에 대해 전혀 터치를 안 한다는 조건을 내걸고 있는 것이 걸리긴 했지만.

"그런데 왜 영어야?"

"그게 더 편해요."

"한국 사람이 한국말이 편해야지."

그러고 보면 평소에 '네'만 하는 윤후가 얼마 전 마크와 말할 때는 한참을 얘기했다. 일단 회사에서 제대로 얘기를 해봐야겠지만, 지금 들은 느낌대로라면 영어는 문제가 아니었다. 윤후가 만족한 얼굴로 좀 전에 건넨 USB를 가리키며 말했다.

"그건 에이토한테 연습하라고 전해주세요."

"응?"

"어제 말한 거요. 어떻게 부르나 듣고 싶어서요."

"그거 애들 활동 끝나고 말하는 거 아니야?"

자기를 위한 인터뷰였건만 이상한 조건을 건 윤후였다. 가수 생활을 하면서 사람들과 부딪치는 경험을 하다 보니 때로는 분함도 느꼈고 행복함도 느꼈다. 그리고 직접 느낀 감정이 생각하던 감정과 차이가 있다는 것을 알았다. 그래서 딘과 함께 만든 사랑 노래를 정말 사랑을 경험해 본 사람이라면 어떻게 부를까 궁금했다. 그리고 그 대상이 자칭 키스 고수라는 에이토였다.

"걔네 바쁜데… 너도 봤잖아. 잠도 못 자는 거. 그리고 내일부터 애들 숙소 들어가."

"흠, 약속했잖아요."

"야, 그럼 삼 개월만 기다려. 애들 데뷔하고 활동 끝나면 불러보라고 할게. 아, 이거 사랑을 해본 사람이면 아무나 불러도 돼?"

"동성이랑 준희는 저랑 똑같아요. 에이토만 해봤다고 했어요."

"아니, 걔네들 바쁘다니까 걔네들 말고."

윤후는 주변에 아는 가수라고 해봤자 회사 사람들이 다였다. 그때 문득 한 인물이 떠오르자 김 대표를 쳐다봤다.

"윤송?"

"야, 걔 지금 나오면 욕먹어."

"그럼 누구요?"

"하하, 너 채우리 알지?"

"채우리가 누구예요?"

"왜 몰라. 너랑 스캔들도 났는데."

"아……."

김 대표는 천천히 하려고 생각한 걸 그룹을 떠올렸다. 윤후가 노래에 있어서 깐깐하긴 하지만, 윤후의 마음에 들기만 한다면 곡에 대한 문제는 접어둬도 될 것이다.

"너 또 공방에 있을 거야?"

"집에요."

"그럼 다음 주에 대식이 보낼게. 회사로 와서 직접 들어볼래?"

"흠, 들어보……."

"그래, 인마. 들어보고 마음에 안 들면 그냥 바로 가져가."

윤후는 고개를 끄덕거렸고, 김 대표는 그런 윤후를 보며 피식 웃었다. 어떻게 저리 한결같은지.

"아, 맞다. 너 내일 회사로 와야 한다."

"왜요?"

"줄 거 있어. 오늘 주려고 했는데 바빠서 못 줬어. 아무튼 내일 와. 너무 기대는 하지 말고."

기대하지 말라고는 했지만, 정말로 궁금해하지도 않고 전혀 기대하지도 않는 얼굴로 일어서는 윤후의 모습에 김 대표는 얼굴을 씰룩였다.

*   *   *

늦은 밤이 되어서야 회사에 도착한 윤후는 옥탑 사무실로 향했다. 옥상에 도착하니 정자 위에서 부채질을 하고 있는 김 대표가 보였다. 누가 본다면 대표라고 생각이나 할까 싶은 모습이다. 하얀 메리야스에 바지를 걷어 올리고 있는 김 대표는 윤후를 보며 손에 쥐고 있는 부채를 흔들었다.

"안 더워? 이 더운 날씨에 마스크는 뭐야?"

윤후는 동네 아저씨 같은 김 대표의 모습에 피식 웃고 마스크를 벗었다.

"대식이 형이 밖에 나올 때 쓰고 다니랬어요. 근데 왜 오라고 하셨어요?"

"말도 잘 들어. 일단 들어가자. 보면서 얘기해야 되니까. 밥은 먹었냐?"

김 대표를 따라 들어간 사무실에는 늦은 시간임에도 피곤에 찌든 얼굴의 이종락이 보였다. 그는 본체만체 손을 흔들고는 다시 모니터와 서류에 얼굴을 파묻었다.

"신경 쓰지 마. 밑에서 일할 애들 뽑는 거야. 지가 부릴 애들 뽑는 거니 지가 고생해야지. 하하!"

"네."

김 대표는 사무실 책상 위에 준비해 둔 서류를 꺼내고 윤후에게 말했다.

"뭐 먹을래? 밥부터 시키고 얘기하자. 더우니까 냉면? 종락이 너도 냉면. 냉면 세 개."

그는 자기 마음대로 메뉴를 정하고 주문까지 끝내고는 윤후를 보며 말했다.

"가까이 와. 이거 봐야 해."

김 대표는 서류를 펼치며 말했다.

"정산 내역서라 확인 잘해야 돼. 나도 이렇게 빨리 정산해 보기는 처음이다. 하하!"

연습생 생활도 없었고 윤후의 곡으로 음원을 제작했기에 투자 비용이 없었다. 윤후에게 들어가는 비용이라고 해봤자 홍보비를 제외하고는 실비로 들어가는 기름값이나 밥값 같은 가벼운 것뿐이었기에 정산이 빠를 수밖에 없었다. 금액은 크지 않았지만 회사로서는 음원 수익만으로 손익분기점을 간단히 넘겨 버리는 윤후의 기행에 놀라움을 토했다.

"처음에 계약할 때 이익이 발생하는 시점부터 1년에 두 번 정산한다고 들었지? 원래 12월에 하려고 했는데 그러면 너무 커질 것 같아서 말이야. 저작권료도 들어와서, 맞춰서 지급하는 거야. 여기가 총정산 금액, 이 위는 총수익에서 지출한 내용 등이고, 이 뒷장은 각 음원 사이트 내역서. 음반을 안 내서 그렇게 금액이 크지는 않아."

김 대표는 서류를 보는 윤후를 보며 피식 웃었다.

"일단 보라고 불렀어. 아버님한테는 따로 말씀드릴 테니까. 그리고 수고했다."

"네."

윤후는 김 대표가 챙겨준 서류를 가만히 내려다봤다. 태어나서 스스로 돈을 번 게 처음이기에 뿌듯함이 올라왔다. 돈을 벌 목적으로 가수를 시작한 건 아니지만 이것도 나름대로 괜찮게 느껴졌다.

"다음 정산은 지금하고 비교도 안 될 거니까 너무 실망하지는 말고. 그 돈으로 뭐 할래?"

김 대표의 질문에 윤후는 이천만 원이 조금 넘게 적혀 있는 정산 내역서를 보며 생각했다.

"음, 아빠한테 드리려고요. 제 방 장비들, 아빠가 사주셨거든요."

"하하, 자식, 착하네. 난 또 마이크 없다기에 마이크부터 살 줄 알았네."

"…마이크."

마이크에 살짝 흔들리는 윤후의 모습에 김 대표는 실실 웃었다.

"아직 할 얘기 남았어."

윤후가 의자에 앉자 김 대표가 입을 열었다.

"US에서… 그래, 숲에서 만든 프로그램. 거기서 너 실루엣으로 꾸며도 되느냐고 연락 왔어."

"네?"

"콘셉트 들었잖아. 블라인드 테스트같이 네가 만든 거 들려준다고. 그때 네 모습만 실루엣처럼 만든다고 연락 왔어. 잠깐 기다려 봐. 보내온 게 있는데……"

김 대표는 태블릿 PC를 뒤적거려 사진을 찾은 뒤 윤후에게 건넸다.

"이거 뭐, 이상한 데 앉아 있는 모습인데… 이게 너래."

김 대표는 사진을 무심히 쳐다보는 윤후를 보며 말을 툭 던졌다.

"이상하면 네가 가서 직접 찍든가."

"좋네요."

가서 찍으라는 소리에 바로 '좋네요' 하는 윤후의 모습에 김 대표는 한참을 웃었다.

"그럼 이렇게 한다?"

"네."

"너 데모 CD는 언제 녹음할 거야? 그래야 우리도 들어보고 회의하고 콘셉트도 잡고 그러지."

"강유 형, 인디 형들 녹음하느라 바쁘대요. 다음 주에나 오랬어요."

녹음에는 또 아쉬워하는 윤후였다.

*   *   *

라온 엔터의 휴게실에서 김 대표는 사무실에 있는 화이트보드까지 가져와 열심히 뭔가를 적어가며 열변을 토해내고 있었다.

"이미 회사랑 계약해 본 분들도 계시지만 아닌 분들도 계시죠. 그래도 뭐 한 번쯤은 들어보셨죠? 노예 계약이니 뭐니. 저희는 연습생부터 시작한 팀이 한 팀이 있어요. 곧 데뷔하는 친구들. 그 친구들만 3년 계약을 했고 다른 팀은 보통 1년 계약을 하니 걱정하실 필요가 없습니다. 여러분도 계약을 하게 되면 1년 계약을 하게 될 거고요. 아시죠? 표준 계약서 보시면 7년인 거. 그만큼 자신 있다는 말입니다. 우리 회사가 일을 잘한다 싶으면 남는 거고 아니면 그대로 서로 남 되는 거죠. 하하!"

라온 엔터에 처음 온 채우리는 가뜩이나 침대까지 보이는 휴게실의 모습이 이상하다고 생각했는데, 사기꾼처럼 보이는 김 대표의 모습에 고민하는 얼굴이었다. 어느 정도 알아보고 온 채우리도 이럴진대 김 대표를 본 적도 없는 연습생 세 명과 그들의 부모는 더욱 의심스러운 듯 조심스러웠다.

"저희 회사는 일단 대한민국에서 제일 많은 수의 인디밴드와 계약되어 있는 상태입니다. 게다가 최근에는 메이저로 넘어와 여러분이 알고 계시는 가수! 아직까지도 음원에서 내려올 생각이 없는 후와 윤송을 비롯해 신인 남성 그룹 OTT까지. 다들 들어보셨죠? 하하, 그렇습니다. 현재 미다스의 손이라고 불리며 수많은 연습생이 탐내는 회사가 바로 여러분이 계신 이곳 라온이죠! 하하!"

들으면 들을수록 약이라도 사야 할 것 같은 김 대표의 말에 계약하기 위해 찾아온 사람들은 더욱 신중해졌다.

"그럼 향후 계획을 말씀드리죠. 일단은 계약을 하기 전 다른 기획사들과 마찬가지로 오디션부터 볼 예정입니다."

"지금이요? 그런 말씀은 없으셨잖아요?"

"하하, 당장은 아닙니다. 저희가 드릴 수 있는 시간은 삼 일. 지정곡이며 곡은 공평하게 다들 처음 들어보시는 곡이 될 겁니다."

"그 곡 지금 들어볼 수 있어요?"

김 대표는 얼굴에 미소를 가득 지은 채 앉아 있는 사람들을 죽 둘러보며 말했다.

"곡은 걱정하지 않으셔도 됩니다. 그런데 작곡가님이 상당히 깐깐하시거든요. 연습은 회사에서 같은 시간에 같은 장소에서 하게 됩니다. 회사에 시간이 없는 관계로 내일까지 참여 여부를 알려주셨으면 좋겠습니다. 하하!"

그때, 휴게실 문을 열고 들어와 김 대표를 한참 동안 쳐다보고는 아무 말도 없이 나가는 사람이 보였다.

"우리 언니, 저 사람 후 아니야?"

"맞아. 내가 후 님이랑 같은 회사라니… 나 열심히 할 거야!"

"어휴, 그래라, 그래. 열심히 하세요."

윤후가 나간 문을 쳐다보고 있던 김 대표는 문이 완전히 닫히는 걸 확인하고서야 웃으며 말했다.

"하하, 저희만의 인사죠. 그럼 곡 주인도 보셨겠다, 다들 오늘은 이만하실까요?"

채우리는 김 대표의 말에 벌떡 일어섰다.

"후 님 곡이라고요? 저요! 꼭 참여하고 싶어요! 그리고 얘도요!"

보희는 채우리에게 잡힌 손이 들린 채 남은 한 손으로 이마를 짚었다.

*   *   *

며칠 뒤, 지하 연습실의 뒤쪽 의자가 지정석이라고 할 만큼 항상 같은 곳에 앉아 있는 윤후는 옆에서 웃고 있는 김 대표를 쳐다봤다.

"안 줘도 된다고 그랬죠?"

"그렇다니까. 일단 한번 들어보고 마음에 안 들면 시간을 좀 주면 되잖아. 하하!"

김 대표의 웃음이 찜찜하긴 했지만, 약속을 다짐받았기에 고개를 끄덕였다. 그 모습을 본 김 대표는 벌떡 일어서서 연습실 문을 열고 예비 걸 그룹 멤버를 데리고 들어왔다.

"다들 아시죠? 데뷔하자마자 모든 음원 차트를 올킬한 후!"

"네!"

"며칠 동안 연습하면서 들어보니 어떠셨나요? 굉장하죠?"

"네! 너무 좋아요!"

"연습은 많이 하셨죠? 너무 걱정 마세요. 윤후가 참 친절하거든요. 자식이 참 쓴소리도 좀 하고 그래야 하는데. 하하!"

윤후는 김 대표의 말을 더 들으면 말려들 것 같아 제일 왼쪽의 멤버를 가리켰다.

"짧은 머리 분부터 들어볼게요."

갑작스러운 윤후의 손가락질에 임미소가 놀란 듯이 침을 삼켰다.

"저, 저요?"

"네."

임미소는 긴장했는지 심호흡을 했다. 김 대표조차도 긴장하며 임미소에게 시작하라고 손을 들어 올렸다. 임미소는 고개를 끄덕이며 숨을 들이마시고는 노래를 시작했다. 하지만 불과 한 소절 만에 윤후가 손을 들었다.

"첫 음부터 틀렸어요. 다시 하세요."

"네? 네······."

임미소는 윤후를 겪어보지 않았기에 무표정으로 뱉은 다시라는 말에 덜컥 겁이 났다. 임미소뿐만 아니라 앉아서 다음 차례를 기다리는 나머지 멤버들 역시 긴장했다.

"다시. '러브 유'에서 브가 반음이 계속 떨어지네요. 올리세요. 다시··· 다시."

윤후의 다시가 계속될 때 옆에서 머리를 부여잡고 있던 김 대표가 애써 미소를 지으며 말했다.

"일단 다 들어보는 게 어떨까? 틀린 건 천천히 고치면 되잖아? 감정 위주로 본다고 그랬잖아. 아니야?"

"흠, 알았어요. 처음부터 다시 불러보세요."

임미소는 윤후의 입에서 또 '다시'라는 말이 나오자 흠칫 놀라기는 했지만, 응원하는 멤버들과 김 대표의 모습에 고개를 끄덕였다. 반주도 없이 시작된 노래가 연습실을 울렸다. 다들 긴장하며 윤후의 반응을 살폈지만, 그는 전혀 변함없는 표정으로 고개를 끄덕였다.

"그 옆에 분요."

한 명, 한 명이 지날수록 윤후는 멤버들을 쳐다보지도 않고 고개를 숙이고 있었다. 중간중간 마음에 드는 부분이 있었지만, 전체적으로 보면 영 마음에 들지 않았다. 그때, 마지막으로 채우리가 일어섰다.

오늘도 연습하고 있어요. 나 그대에게 건넬 인사를 말이에요

첫 소절이 끝나자 윤후는 숙이고 있던 고개를 들었다. 발음 자체가 완벽하진 않았지만 일부러 발음을 뭉갠 것이 아니라 부끄러워 말을 제대로 못하는 느낌이 들었다. 약간 소심한 것처럼 들렸지만, 딘과 함께 만든 곡은 이런 느낌으로 부르는 게 맞을 것 같다는 생각이다. 가만히 채우리의 눈을 마주 보자 오히려 채우리가 눈을 피하며 노래를 이어갔다.

러브 유 하루 종일 연습했던 말, 건네지 못했죠

얼굴이 붉어진 채 노래를 끝낸 채우리는 윤후의 평가가 궁금하긴 했지만, 차마 고개를 들어 쳐다보지는 못했다.

"짝사랑 해봤어요?"

"네?"

"짝사랑 해본 것 같아서요."

눈을 똑바로 바라보는 윤후 때문에 다시 고개를 숙인 채우리는 말을 얼버무렸다.

"아, 아마도 그럴걸요."

"흠, 좋은데요. 이런 느낌이구나."

노래 실력 자체는 다른 멤버들보다 떨어졌지만 감정이 정확하게 느껴졌다. 자신이 불렀을 때를 떠올려 봤지만 채우리 같은 느낌은 분명 아니었다.

*　　　　　*　　　　　*

"한국에 와서 여기를 제일 많이 왔다 가시네요."

"그런가? 하하! 다른 곳도 천천히 구경하고 싶었는데 더 있다가는 내가 못 살 것 같아서 가는 거니까 신경 쓰지 않아도 돼."

콜린은 자신을 가리키는 마크의 말에 웃으며 말했다.

"네 맘대로 돌아다니고 인터뷰해서 손해가 이만저만이 아니야. 마크 네가 지불할 거야?"

"참나, 돌아가도 당분간 할 거 없잖아."

"돌아가서 시나리오 작업 안 할 거야? 근데 여긴 어딘데? 무슨 건물에 엘리베이터도 없고."

유병규는 마크와 콜린의 대화에 웃으며 답했다.

"경비원이 아까 알리는 것 같으니 이제 내려올 거예요. 그런데 이렇게 막무가내로 와도 만나보기 힘들 텐데요."

"있으면 보고 가는 거고 아니면 나중에 봐도 되니까. 하하!"

그때, 계단을 쿵쾅대며 내려오는 김 대표가 보였다.

"하이! 마크! 무슨 일로 여기까지 오셨어요?"

김 대표는 유병규를 쳐다보며 마크에게 말을 건넸다. 이상하게 자연스러운 모습에 피식 웃은 유병규가 입을 열었다.

"혹시 후, 회사 안에 있어요?"

"후요? 음, 윤후 오늘 오후에나 올 텐데요. 올라가서 차라도 한잔하면서 잠깐만 기다리시겠습니까?"

유병규는 일행에게 통역을 해주었다. 마크는 무척이나 아쉬운 얼굴을 하며 말했다.

"차는 다음에. 곧 연락드릴 테니 그때 또 뵙죠."

유병규에게 통역을 전해 들은 김 대표는 손을 흔들고 가는 마크를 잡았다.

"저희는 어디로 연락해야 할까요?"

그때, 옆에 있던 자신과 같은 대머리 남자가 금박이 박힌

명함을 내밀었다. 명함을 건네고 곧장 차에 올라서 김 대표는 사진도 찍지 못했다는 사실에 아쉬워했다. 그러고는 혼자 남은 주차장에서 화려한 명함을 들여다봤다.

"엄청 비싸 보이네. 팔아도 팔리겠는걸. MFB 에이전시? 일단 명함 하나 얻었고! 하하!"

한편, 공항으로 이동 중인 마크는 윤후를 만나지 못해 아쉬워하는 얼굴이었다. 콜린은 그런 마크의 모습에 벌써부터 머리가 아파왔다.

"콜린, 두 달 후까지 섭외 가능하지?"

"벌써 시작하려고?"

"해야지. 또 빈센트처럼 못 하면……."

마크는 말을 하다 아차 싶은 얼굴로 콜린의 눈치를 살폈다. 그러고는 조심스럽게 입을 열었다.

"빈센트도 한국 사람이었지?"

"그랬지. 빈센트, 그리고 은주 둘 다 한국인이었지."

"맞다. 이름 이상하게 부른다고 빈센트로 바꾼 거지?"

"하하, 맞아. 그거 제이콥 때문이야."

콜린은 옛 생각이 나는지 피식 웃었다.

"자꾸 떵처리라고 부르잖아. 성철인데. 그래서 빈센트로 바꾼 거야. 하하하!"

"다른 후배들이 생겼는데 소감이 어떠십니까?"

"흠, 왜 절 찍어요?"

"쟈들은 연습하잖여. 너도 연습혀."

'걸스 TV'라는 이름하에 데뷔 전 모든 연습 과정을 동영상 사이트에 올리기 시작했다. 그런데 말만 '걸스 TV'지 찍히는 사람은 대부분 윤후였다. 신난 얼굴을 하며 캠코더를 얼굴 가까이 들이미는 대식을 보곤 고개를 저은 윤후는 걸 그룹에게 시선을 돌렸다. 그중 거울을 통해 채우리를 가만히 보던 윤후는 무엇 때문인지 피식 웃었다.

"뭐여, 왜 쟈를 보면서 요상스럽게 웃는 거?"

"아니에요."

"뭐가 아니여. 다 찍혔는디. 확인해 볼텨?"

크게 떠드는 대식 때문에 걸 그룹 멤버들마저 안무를 멈추고 대식을 쳐다봤다. 대식은 잘되었다는 듯이 멤버들을 불러들였다.

"이리 와서 목 좀 축이고 햐."

멤버들은 쪼르르 달려와 물을 마시고는 힘이 드는지 바닥에 털썩 주저앉았다. 그 모습을 본 대식은 윤후를 위아래로 훑어보고 입을 열었다.

"너희도 알아둬야 혀. 뭐시냐. 사내 연애는 절대 금지여. 가끔 가다 보면 하라는 노래는 안 혀고 말이여, 꾸른 내 펄펄 풍기믄서 눈빛 보내는 놈들이 있단 말이여."

"왜 절 봐요?"

"내 눈으로 내 마음대로 쳐다보지도 못혀? 왜 그려? 찔리는 겨?"

눈을 반짝이며 궁금해하는 표정의 걸 그룹 멤버들 때문에 더 곤란해졌다. 대식의 오해를 더 이상 놔두면 어떤 일이 벌어질지 모르기에 손을 저으며 말했다.

"채우리 씨가 노래 부른 게 생각나서 웃은 거예요."

더욱 흥미진진한 얼굴로 변해 버린 사람들의 얼굴에 윤후는 한숨을 쉬며 말을 이었다.

"채우리 씨 노래 듣고 경험이 중요하다고 느껴서 그런 거라고요. 그때 듣고서 집에 가서 많이 생각했어요. 확인도 했고요."

"말이 긴 게 더 수상혀. 집에서도 쟈를 생각혔다 그 말이잖여."

"경험이 중요하다는 걸 확인했다고요."

"그걸 워뜨케 확인혀?"

실실 웃는 대식은 분명 아니라는 것을 알고 있는 얼굴이다.

자신의 반응이 재밌어서 저러는 걸 알고 있지만 걸 그룹 멤버들이 보고 있었기에 반응을 보이지 않으면 오해를 살 수밖에 없는 상황이었다. 한숨을 쉬고는 메고 온 기타 케이스에서 기타를 꺼내 대식을 올려다봤다.

"수목원에서 들려준 거, 가사 붙이고 편곡했어요. 데모까지 녹음했고요."

기타 할배의 납골당을 방문했을 때 윤후가 나무 밑에서 연주하던 것을 들었기에 알고 있었다. 휴대폰에 영상으로 고이 간직하고 있는 것은 잊고 있었지만.

"그 곡 전에 코쟁이한테도 들려준 곡 아니여?"

"맞아요."

윤후는 기타를 안고 개방현을 튕기며 기타 상태를 파악했다. 언제나 튜닝이 되어 있었지만 버릇이기에 소리를 듣고는 고개를 끄덕였다. 바닥에 둘러앉은 멤버들은 기대에 찬 얼굴을 하며 윤후를 쳐다봤다. 그리고 감미로우면서도 잔잔한 윤후의 기타 연주가 시작되었다. 따뜻함이 느껴지면서도 뭔가 아련한 느낌의 연주가 이어질 때, 윤후가 연주에 나지막이 목소리를 얹었다.

I'll remember. All of you

첫 소절을 듣자마자 바닥에 있던 멤버들은 동시에 팔을 쓰다듬었다. 단지 한 소절뿐인데 그 한 소절로 등줄기에서부터 시작해 온몸에 소름이 일었다. 그동안 연습생 생활도 오래했기에 노래는 상당히 많이 들어왔지만, 지금과 같은 느낌은 그 어떤 노래에서도 느껴보지 못했다. 그것이 끝이 아니라는 듯 윤후의 목소리가 기타 연주에 얹힌 듯 들리기 시작했다.

The things we USed to do, we USed to be

가사는 알아듣지 못했지만 아련하기도 하고 너무나 포근하고 따뜻하기도 했다. 멤버들은 윤후의 얼굴을 멍하니 보고 있을 뿐이었다. 대상이 누군지는 알 수 없지만 분명 누군가를 그리워하는 목소리였고, 또 옅은 미소를 지으며 부를 때는 장난을 치는 어린아이 같은 느낌이 들었다. 항상 무표정했던 윤후가 아니었다. 무대 위에서 가끔 웃는 모습을 볼 수 있었지만, 지금의 자연스러운 모습은 처음 보는 얼굴이었다. 그 모습에 대식조차도 놀랐는지 카메라를 떨구고 멍한 얼굴로 윤후를 쳐다보고 있었다.

I don't know when we'll meet again

윤후가 연주를 멈추고 잠시 숨을 크게 들이마셨다. 대식은 윤후의 숨에 맞춰 자신도 모르게 숨을 들이마셨다. 매번 놀라움을 선사해 줬지만, 이번만큼 직접적으로 느껴지는 것은 처음이다. 온몸에 일어난 소름을 진정시키려 쓰다듬던 대식은 문득 이런 생각이 들었다. 어쩌면 자신이 감당하지 못할 정도로 올라가지 않을까 하는.

그때, 마지막 인사를 건네는 듯한 윤후의 목소리가 들렸다.

I will greet you with a smile

뒤에 이어진 반주까지 완벽하게 마쳤다. 멍하니 쳐다보고 있는 사람들을 본 윤후는 뿌듯했다. 자신에게 감정의 중요성을 알게 해줌과 동시에 많은 생각에 빠져들게 한 곡이다. 앞으로도 지금과 같은 곡을 만들 수 있을지는 모르지만 진심을 담아 노래하는 방법을 배운 것은 확실했다. 경험이 적어 걱정하던 것은 어느새 생각조차 들지 않았다. 예전에는 꿈도 꾸지 못할 것들을 최근 몇 달 상당히 많이 겪어봤지 않은가. 지금 이 곡 역시도.

윤후 역시 사람들의 반응이 좋을 것은 예상했지만, 아직까지 멍해 있는 사람들을 보니 기분이 좋았다. 대식의 길게 내뱉는 한숨을 시작으로 걸 그룹 멤버들도 숨을 뱉었다. 분명

애절하기만 하지는 않았는데 가슴이 먹먹한지 가슴골을 쓰다 듬었다.

"좋죠?"

"그려, 좋구만."

무엇보다 실실 웃는 웃음이 사라지고 진지한 얼굴로 대답하는 대식의 반응이 마음에 들었다.

"이거 제목이 뭐여?"

제목이란 말에 다시 윤후에게로 시선이 집중되었고, 윤후는 한 명, 한 명과 눈을 마주치고는 양손으로 입꼬리를 들어 올리며 말했다.

"스마일."

*   *   *

어두운 밤, 정자에 달린 조명과 사무실 불빛만이 비추는 옥상에 앉아 있던 걸 그룹 멤버들은 신기한 모습에 자신들끼리 키득거렸다. 포장마차에서나 있을 법한 주황색 천막을 치고 플라스틱 의자에 둘러앉아 TV를 같이 보는 것은 전에 있던 기획사에서는 상상도 못 할 일이다.

"완전 운치 있다."

"진짜 포장마차에 있는 거 같아. 헤헤."

역시나 남들의 반응을 좋아하는 김 대표가 크게 웃었다.

"술은 없지만 진짜 포장마차지! 하하! 기분이다! 사이다 한 잔씩 받아!"

"와! 감사합니다!"

체중 관리를 한다며 탄산을 비롯해 식단 조절을 하는 멤버들이었기에 사이다 한 잔에도 감격스러웠다. 김 대표는 사이다를 따라 주고는 대식을 쳐다봤다. 그러고는 옆에서 사이다를 홀짝거리고 있는 윤후에게 물었다.

"대식이, 아까부터 왜 그래? 멍해가지고는."

"훗."

"무슨 사고 친 건 아니지?"

"네."

"그럼 됐어."

윤후는 캠코더를 만지작거리는 대식을 쳐다보고 피식 웃었다. 그때, 옆에 있던 걸 그룹 멤버이자 밴디스의 막내인 보희가 윤후에게 물었다.

"오빠, 여기서 뭐 해요? 회식하는 거예요?"

윤후는 오빠란 말에 보희를 가만히 쳐다보다가 입을 열었다.

"TV 볼 것 같은데?"

"TV요?"

보희가 윤후가 가리킨 벽을 이리저리 살펴볼 때, 김 대표가 박수를 치며 집중시켰다.

"자, OTT 애들은 지금 스케줄 때문에 없지만, 그래도 중요한 방송은 다 같이 보는 게 우리 회사 전통이니까. 하하! 너희들 데뷔해도 그럴 거니까 놀라지 마라."

김 대표는 호탕하게 웃고는 빔 프로젝터를 켰다. 그러고는 윤후의 옆으로 다가와 조그맣게 속삭였다.

"오늘 숲 엔터에서 하는 거 1회 방송인데, 어차피 너 안 나오니까 괜찮지?"

방송이 시작되는지도 모를 정도로 그동안 관심을 끄고 있던 윤후는 고개를 끄덕였다. 적은 시간이었지만 정이라도 쌓였는지 OTT 멤버들의 무대가 더 신경 쓰였다.

"두식이 형이랑 갔어요?"

"강유랑 미정이랑 다 갔어. 크크, 강유는 억지로 내가 보냈지. 맞다, 너 내일 올 거면 저녁에 와."

"왜요?"

"1층 사무실에 물건 들어올 거니까 저녁에 와. 낮에 와서 걸리적거리지 말고."

새로 뽑은 직원들 때문에 비어 있는 1층으로 사무실을 옮기기로 한 것이다. 윤후는 그제야 이종락을 비롯해 나머지 직원들이 자리에 없음을 알아챘다. 그 와중에도 여전히 실실 웃고 있는 김 대표였지만.

"자, 이제 나온다! 마이 베베!"

커다란 화면에 OTT의 모습이 잡혔다. 이미 기획사 전쟁 때 무대를 봤지만, 지금은 데뷔 무대이기 때문인지 화면으로 보고 있는 윤후도 약간 긴장되었다.

"노래 좋다. 이 곡도 오빠가 주신 거예요?"

옆에 있던 보희의 물음에 김 대표가 나서며 너스레를 떨었다.

"하하, 그거 윤후가 듣자마자 편곡한 거야. 완전 밋밋한 곡이었는데."

"모스트 바운스 '낫씽 유'처럼요?"

"야, 그 얘기는 뭐 하러 해. 아무튼 그랬는데 한 번 딱 듣고 박자 당기고 붙이고 해서 뚝딱 만든 거야. 하하! 안 믿기지? 하기는 직접 봐야 믿지."

연습실에서 얼마나 대단한 사람인지 충분히 느꼈기에 보희는 김 대표의 말이 쉽게 믿어졌다. 역시 대단한 사람이라고 생각하며 윤후를 쳐다봤지만, 윤후는 TV에서 눈을 떼지 않았다.

"잘했네요."

"당연하지. 누구 새낀데. 이제 올라갈 일만 남았지. 아직 숫자는 적지만 응원 온 팬들도 있댄다. 하하!"

김 대표는 무대를 잘 끝낸 OTT를 보고 크게 웃었다. 그러고는 휴대폰을 꺼내 들었다. 안 봐도 김 대표가 무슨 생각으로 휴대폰을 꺼내 들었는지 알 수 있었다.

"에이, 뭐야, 이게? 숲 엔터로 도배됐네. 뭐, 가만둬도 뜰 회사를 뭐 이렇게 띄워주냐. 안 그래?"

데뷔 무대인 탓에 김 대표도 큰 기대는 하지 않았지만, 숲 엔터에서 하는 'US'라는 프로그램이 모든 포털 사이트를 도배하고 있었다.

1. 시크릿맨
2. 바이블샷
3. SinQ
4. DJ빌롱

순위를 보던 김 대표는 배가 아픈지 얼굴을 씰룩이고는 윤후를 보며 물었다.

"시크릿맨이 누구야? 알어? 신큐랑 나머지 애들은 요즘 잘 나가는 애들인데 시크릿맨은 누구야? 이름만 봐도 수상한 놈 같은데."

김 대표는 윤후를 쳐다봤지만 그도 모르는 얼굴이었다. 윤후가 모르는 가수라면 신인이거나 굉장히 희귀한 앨범을 발매한 사람일 확률이 높았다. 숲 엔터로 도배된 기사들에 배가 아파 찾아보지 않으려 했지만 호기심을 참을 수 없었다. 시크 릿맨을 찾아들어 가니 수많은 기사가 있었다. 그중 하나를 찾 아 읽은 김 대표는 고개를 갸우뚱거렸다.

"어라?"

잠시 무언가를 생각하는 듯 고개를 들더니 다시 고개를 숙 였다. 휴대폰의 기사를 이리저리 살펴보던 김 대표는 윤후를 쳐다보며 눈을 껌뻑거렸다.

"이거 넌데?"

"네?"

"시크릿맨, 너 말하는 거 같다고."

눈만 껌뻑거리는 김 대표의 반응에 윤후는 얼굴을 찡그렸 다. 그러고는 자신의 휴대전화를 꺼내 들었다. 김 대표의 말 때문인지 옆에 있던 걸 그룹이 윤후의 휴대폰을 같이 보려고 얼굴을 들이밀었다.

"왜 오빠가 시크릿맨이에요?"

"몰라."

오빠라고 할 때부터 시작된 반말이 전혀 어색하지 않게 들 린 보희는 무표정으로 휴대폰을 만지는 윤후를 보며 피식 웃 었다. 하는 행동 하나하나가 수상쩍고 부자연스러운데 이상 한 데서 자연스러웠다. 지금도 여자 다섯 명이 붙어 있는데도 전혀 신경 쓰는 얼굴이 아니었다.

그러던 윤후가 얼굴을 찡그렸다. 그러자 시선이 저절로 윤후가 보고 있는 휴대폰으로 향했다.

〈시크릿맨? 시청자들의 궁금증 줄이어〉

숲 엔터테인먼트 소속 뮤지션들과 프로듀서들이 극찬한 시크릿맨의 정체에 시청자들은 몸살을 앓고 있다. 오디션에서 최종 발탁된 팀의 데뷔곡으로 선정되었다는 점만 해도 많은 이들의 이목을 끌고 있다.

더 이상 볼 것도 없었다. 데뷔곡이라고 하면 킹스터가 얘기한 대로 자신의 곡이 아닌가. 그에 휴대폰을 덮으려 할 때, 옆에 있던 걸 그룹 멤버들이 동시에 말했다.

"밑에 동영상도 봐요!"

각자 휴대폰으로 보면 되는 걸 김 대표까지 윤후의 뒤로 와서 얼굴을 들이밀었다. 윤후는 얼굴을 찡그리며 영상을 재생시켰다.

*   *   *

작은 휴대폰을 보느라 옹기종기 모인 사람들은 화면에 보이는 실루엣에 윤후를 보며 조심스럽게 웃었다.

"너 숲 갔을 때 저거 찍은 적 있어?"

"아니요."

"그럼 그렇지. 네가 저걸 했을 리가. 하하!"

'007'의 '제임스본드 테마곡'이 깔리며 나선 모양으로 음반이 움직일 때, 얼굴을 가린 누군가가 하얀색 바탕의 바닥에 올라서서 카메라를 손가락으로 가리켰다.

"완전 오글거리는데요?"

"나 아니야."

다시 한번 자신이 아니라고 강조하는 윤후였다. 화면은 그 장면을 넘어가 숲 엔터 소속의 뮤지션이며 상당한 인지도를 가지고 있는 래퍼 SinQ를 비췄다.

SinQ─상당히 노련하네요. 전체적으로 상당히 세련된 음악이에요. 와우, 이건 좀 놀랍네요. 이게 1, 2번 합친 거라고요?

헤드셋을 끼고 비트에 집중하는 SinQ의 얼굴이 화면에 클로즈업되었다. 중간중간 눈썹을 들어 올리며 혀를 휘두르는 모습만 봐도 시청자들에게 충분히 어떤 음악인지 전달될 것이었다. 음악이 끝나자 SinQ는 헤드셋을 벗으며 입을 열었다.

─빌롱? 바이블샷? 누구지? 내가 아는 사람이 만든 거예요?

화면은 SinQ를 잡고 있었지만 인터뷰를 한 제작진이 웃으며 대답하는 말소리가 들렸다.

─아실지 모르겠어요. 삐삐삐라고요.

이름을 밝히는 부분에서 자체적으로 변음을 시킨 소리가 들렸고, 그 이름을 들은 SinQ의 반응이 보였다.

─왓? 후? 누구라고요?
─하하!

인상을 찡그리며 고개를 젓고 다시 헤드셋을 착용하는 SinQ의 모습이다.

─와우! 진짜요? 와우! 이 ** 천재네.

케이블 방송이었지만 욕설 부분에서는 삐 하는 효과음이 대신했다. SinQ의 인터뷰뿐만이 아니라 조금 전에 언급한 DJ 빌롱을 비롯해 많은 래퍼들과 DJ의 인터뷰가 이어졌다.

DJ빌롱—이거 내가 할게요. 병아리들 주기에는 너무 아까운데? 뭐, 생각할 것도 없네. 나오면 무조건 차트 쓸겠네요. 부럽다. 나도 US에 나가도 돼요? 나이가… 너무 많죠?

　바이블샷—전 이미 누구인지 알고 있어요. 킹스터 형이 들려줬을 때, 삐삐가 만들었다는 소리 듣고 엄청 충격받았거든요. 그 덕에 지금 초심으로 돌아가 열심히 음악 만드는 중이고요.

　반응은 전부 비슷했다. 곡을 들은 뮤지션들은 다들 놀라워하며 숲 엔터의 참가 연습생들에게 미리 축하를 해줬다. 그리고 화면은 여러 칸으로 분할되어 인터뷰한 사람들의 얼굴로 가득 찼다. 그 화면에 가득 찬 사람들이 동시에 같은 입 모양을 하는 화면이 잡혔다.

　—후 아 유?

　그와 동시에 화면은 커다란 소파에 몸을 파묻고 무표정으로 앉아 있는 후의 실루엣을 비추었다. 금색으로 된 자막과 함께.

Who are you?

영상이 끝나자 김 대표는 한 발 떨어져서 머리카락이 없는 머리를 세수하듯 비벼댔다.

"와! 이게 뭐야? 왜 이렇게 띄워주는 거지?"

걸 그룹 멤버들은 김 대표의 말에 화면을 보고 있던 얼굴을 윤후에게 돌렸다.

"엄청 궁금해! 저희도 들려주시면 안 돼요? 네? 들려주세요!"

정작 곡을 만들 윤후조차도 이런 반응이 나올 정도로 대단한 곡이었나 생각할 정도였다. 스스로 생각해도 뿌듯한 반응에 고개를 끄덕거릴 때, 머리를 비비던 김 대표가 옆으로 다가왔다.

"아직 사람들은 너인지 모르지? 댓글 봐."

김 대표의 말에 댓글을 확인해 보니 벌써부터 마음에 든 참가자를 응원하는 댓글이 많이 달려 있었다. 한참을 보던 중 많은 댓글이 달린 글을 보고 깜짝 놀랐다.

Win***: 이거 Who가 만듦.

그리고 그 밑에 달린 댓글 보고서야 피식 웃었다.

doo***: 지랄 똥 싸세요. 딱 봐도 TMB 냄새임. 우리 템비 오빠들이 만들었음. 인정?

dla***: 후는 너무했네요. 아무리 요즘 잘나가도 이런 곡까지는 무리죠.

Win***: Who? 라고 아까 그랬잖슴.

Kin***: TMB 빠순이들, 여기저기 끼어들지 말고 꺼져라.

별의별 댓글들을 보자 기가 찬 웃음이 저절로 나왔다. 이상하게도 자신이 욕먹는 듯한 느낌에 귀를 한번 후비고는 김 대표를 봤다.

"모르네요."

"다행이네. 이거 말하지 말래서 말도 못 하고, 처음부터 너인 거 들키면 너희 팬클럽 애들 또 막 뭐라 그랬을 텐데. 그거 생각하면 어우!"

"덥덥이들 착해요."

"인마, 너한테나 착하지. 뭔, 가수 스케줄을 매니저보다 더 알려고 그래? 휴! 내가 요즘 걔네들 때문에 미치겠다."

윤후의 팬클럽인 'Who is Who'는 자신들을 덥덥이라고 불렀다. W가 더블로 들어간다고 '더블더블유'라 시작한 것이 덥덥이까지 되었고, 자신의 팬카페를 자주 들어가는 윤후 또한

위화감 없이 팬들을 덥덥이라고 불렀다.

"숲에서도 신신당부했으니까 어디 가서 절대 발설하지 말고. 그리고 윤후 너네 덥덥이들한테도 말하면 안 된다. 너희들도 알았어?"

김 대표는 걸 그룹 멤버들에게도 다시 당부하고서 윤후를 쳐다봤다. 대중들의 관심 꼭대기에 있는 모습이라고 보기 힘들 정도로 표정이 없었다. 처음 음원 일 등 했을 때를 빼고는, 음악 방송에서 1위 했을 때에도 저런 얼굴로 있었다. 김 대표는 허탈하게 웃고는 윤후와 걸 그룹을 보며 말했다.

"오늘 다 들어가고, 너희들은 똑같이 오고, 윤후 너는 아까 말한 대로 저녁에 오고. 오케이?"

*   *   *

김 대표는 흘러내리는 땀을 닦으며 들고 온 의자를 내려놓았다. 그리고 어느 정도 정리가 되어가는 모습에 고개를 끄덕였다. 지금은 비어 있는 책상이지만, 잠시 후면 하나둘씩 비어 있는 책상의 주인이 올 것이다. 가득 찰 사무실을 생각하니 저절로 미소가 지어졌다.

"종락아, 신입들이 빠져서 늦네! 난 면담 준비 완료인데! 하하!"

이종락은 어깨에 수건을 걸치고 있는 김 대표를 보곤 어이 없다는 듯 혀를 찼다.

"출근 시간 안 됐잖아요. 그런데 그 수건은 뭐 하러 걸고 있어요? 의자 하나 옮겨놓고서 참. 누가 보면 일 혼자 다 한 줄 알겠네."

"야, 나 어제 하루 종일 뼈 빠지게 일했잖아. 오늘은 아침에 오자마자 청소도 했고. 대표가 청소하는 회사가 어딨냐? 안 그러냐, 대식아?"

김 대표는 묵묵히 사무실을 정리하고 있는 대식을 보며 고개를 갸우뚱거렸다.

"쟤가 엊그제부터 저러네. 대식아, 무슨 일 있어?"

대식은 걸레를 내려놓고 김 대표를 봤다.

"대표님."

"왜? 뭐야, 갑자기?"

"혹시유, 제가 찍은 거 봤어유?"

"아직 못 봤지. 그거 저번 건 내가 했잖아. 이번에는 선영이 차례인데."

"휴……."

"왜 그러는데?"

김 대표는 어제부터 생각이 많은 듯한 대식을 물끄러미 쳐다봤다. 직원이 없다 보니 매니저 팀장이란 이름을 가졌을 뿐

잡다한 일은 다 하고 있었다.

"뭐야? 너… 뭔 사고 쳤냐?"

"아녀유. 됐구먼유."

대식은 걸레를 들고 생각이 많은 듯한 얼굴로 사무실을 나 갔다. 그에 대식을 보고 있던 김 대표는 고개를 갸웃거렸다. 그러고는 이번에 '걸스 TV' 편집을 맡은 김선영의 책상 위에 있는 캠코더를 들고 컴퓨터에 연결시켰다.

"뭐야? 아무것도 없는데? 왜 그러지?"

한참을 빠르게 돌려보던 김 대표는 이유를 알아차렸다. 영 상에는 윤후로 추정되는 사람의 발만 보일 뿐이었지만, 자신 이 윤후의 집에서 들은 '스마일'이 들려왔다. 넓은 연습실의 울 림 때문인지 자신이 처음 들었을 때보다 더 잘 부르는 듯했 다. 데모를 녹음하던 강유가 떨리는 목소리로 전화를 했을 때 는 음악을 잘 아는 강유니까 그럴 수 있다고 생각했다. 하지 만 저 무식한 대식이마저 카메라를 떨굴 정도로 놀랐다고 생 각하니 미소가 번졌다.

피식 웃으며 대식이 나간 문을 쳐다볼 때, 낯선 여자가 문 을 열고 들어왔다. 그 모습을 보고 이종락이 다가가려는 찰나 김 대표가 한 발 먼저 입을 열었다.

"누구세요?"

"안녕하세요."

신입 직원을 보며 누구냐고 물어보는 김 대표를 보고 이종락이 얼굴을 찡그리며 말했다.

"우리 직원입니다! 이리 와요. 이따 나머지 직원들 오면 자리 배정할 테니까 잠시 있어요."

"하하, 알지. 장난친 거야. 그런데 어디서 본 거 같은 얼굴인데? 어디서 일했어요? 아, 맞다! 바나나 엔터에서 본 거 같은데?"

신입 직원에게 다가가 말을 붙이는 김 대표의 모습에 이종락은 한숨을 뱉었다. 어이가 없으면서도 한편으로는 이해가 됐다. SBC는 기획사 전쟁 덕분에 OTT의 데뷔 무대가 확정되어 걱정이 없었지만, 다른 방송국들은 직접 페이스 미팅에 찾아가야 했다. 작은 기획사들은 대표가 직접 참여하는 경우가 허다했고, 김 대표도 그중 한 명이었다. 그랬기에 회사에서 김 대표 대신 인사를 맡은 이종락도 이해한다는 듯 새로 온 직원을 안내하며 말했다.

"하, 잘못 짚었어요. 쟤는 완전 신입이고, 아직 안 온 사람이 경력이에요. 인사하세요. 대표님이세요."

"안녕하세요. 이번에 새로 들어온 김진주입니다."

"하하, 반가워요!"

그 뒤로도 새롭게 라온의 직원이 된 사람들이 속속들이 도착했다. 신입 로드매니저와 마케팅 홍보 부서 김진주, 그리고 기획 팀에 배정된 바나나 엔터에서 경력을 쌓은 경력직 사원까지 점점 늘어가고 있었다.

*　　　　*　　　　*

OTT 멤버들이 느끼던 부담을 걸 그룹 멤버들이 넘겨받았다. 혼자 연습실에 와서는 지정석에 앉더니 몇 시간째 아무런 말도 없이, 심지어는 움직임도 없이 쳐다보고만 있었다. 뭐라 말이라도 해줬으면 좋겠는데 도통 알 수 없는 얼굴 때문에 쉬는 것조차 눈치가 보였다. 안무 연습을 하느라 모든 멤버들이 땀으로 범벅이 되어 있을 때, 보희가 뒤를 돌아 윤후를 쳐다봤다.

"오빠, 대식 오빠는 어디 갔어요?"

"신입 매니저 교육."

그나마 말이라도 해주는 대식이 빨리 돌아오길 바랐다. 그때, 짧은 머리의 임미소가 주저앉았다.

"오빠, 우리 좀 쉬면 안 돼요?"

다른 멤버들이 놀란 듯이 임미소를 쳐다보고는 윤후를 천천히 돌아봤다. 여전히 무표정으로 고개를 끄덕거리는 모습에 멤버들이 그 자리에 털썩 주저앉았다. 윤후는 앉아서 널브러져 있는 멤버들을 보고는 자리에서 일어나 직접 물을 건네주었다.

"대단하네."

"…네?"

"OTT 애들은 한 곡 끝날 때마다 쉬던데 두 시간 동안 한 번도 안 쉬어서."

무표정으로 고개를 끄덕이는 윤후의 모습에 걸 그룹 멤버들은 울상으로 변해 그 자리에 엎어졌다.

"와! 그럼 진작 말해야죠! 눈치 보느라 쉬지도 못했는데……"

"흠."

윤후는 고개를 끄덕였다. 그러고 보니 OTT 멤버들도 처음에는 지금 걸 그룹보다 더 했던 것이 떠올랐다.

"나 때문이었던 거네."

참 빠르게도 깨닫는 윤후의 모습에 걸 그룹 멤버들은 일어설 힘도 없는지 쓰러진 채 웃었다. 다들 바닥에 널브러져 있을 때, 멤버들이 그토록 기다리던 대식이 연습실 문을 열고 들어왔다. 멤버들은 그제야 앓는 소리를 하며 주섬주섬 일어나 앉았다.

"팀장님, 어디 갔다 오셨어요? 기다렸어요."

"왜들 그려. 남사시럽게."

멤버들의 격한 반응에 대식은 멋쩍은 듯 손을 흔들고는 윤후의 옆으로 가 앉았다. 그러고는 윤후를 쳐다보지도 않고 귀에 이어폰을 꽂고서 휴대폰을 보며 혼자 중얼거리기 시작했다.

윤후는 어제부터 이상한 대식을 유심히 쳐다봤다. 분명 '스마일'을 듣고 나서 이상해졌다는 것은 어렴풋이 느꼈는데 생각보다 오래가고 있었다. 대식이 말이 없자, 편안할 줄 알았건만 오히려 더 불편해진 윤후는 대식의 무릎을 툭툭 쳤다.

"왜 그려?"

대식은 그제야 이어폰을 빼고 휴대폰을 내려놓았고, 윤후는 대식이 내려놓은 휴대폰의 화면을 보았다.

"기초 영어 회화?"

대식은 뭔가 부끄러운 것을 들킨 사람처럼 서둘러 휴대폰을 껐다.

"흠."

갑자기 말도 안 하고 얼굴도 보이지 않더니 기껏 와서 하는 게 영어 공부였다. 짧으면 짧은 시간이지만 회사에서 제일 오래 붙어 다닌 대식의 지금 모습은 상당히 낯설었다. 그때, 대식이 휴대폰을 집어넣으며 윤후가 아닌 벽 쪽을 쳐다보면서 흘리듯 말했다.

"너 미국 갈 때 나랑 간다고 혔담서?"

"음?"

"혹시나 빨리 갈지도 몰라서 말이여. 영어가 하루 이틀 헌 다고 막 나오는 것도 아니잖여."

그제야 왜 영어 공부를 시작하려는 건지 이해가 된 윤후는 벽을 보는 대식을 물끄러미 쳐다봤다. 사기꾼 같은 김 대표와는 다르게 그때그때 감정이 드러나는 대식의 모습에 윤후는 피식 웃었다.

"훗, 일본부터 가면요?"

"뭐? 일본부터 가는 겨? 왜? 워매, 이거 3개월치 끊었는디 워쩐댜."

윤후는 안절부절못하는 대식을 보곤 부정도 긍정도 하지도 않고 자리에서 일어섰다. 그러고는 가벼운 발걸음으로 연습실을 나섰다.

*   *   *

1층 사무실이 아닌 옥탑 사무실에 혼자 앉아 있는 김 대표는 윤후를 쳐다보며 곤란하다는 얼굴이었다. 언제부턴가 뭐만 시키려고 하면 조건을 걸었다.

"야, 돌잔치도 아니고 앨범에 그걸 왜 넣어?"

"한 곡밖에 없잖아요."

"너 집에 가보니까 음반도 많더만. 미니 앨범 몰라?"

"그래서요. 한 곡밖에 없으면 서운하니까요."

"후, 그럼 이렇게 하자."

김 대표는 종이에 여러 가지를 적어가며 윤후를 꼬시고 있었다. 하지만 이미 자신을 간파한 듯한 윤후에겐 전혀 먹혀들지 않았다. 김 대표는 윤후를 쳐다보며 한숨을 쉬었다.

"그럼 앨범에 타월 넣어주면 방송하는 거다?"

"네."

"무슨 돌잔치도 아니고… 일단 이따가 회의할 때 얘기할게. 안 될 수도 있어."

"알았어요."

"이따가 그럼 직접 들려줄래? 난 그 편이 좋을 것 같은데."

윤후는 만족한 듯 고개를 끄덕거렸고, 그런 윤후를 본 김 대표는 변해가는 윤후의 모습에 어이가 없다는 듯 고개를 저었다. 그러고는 문득 든 생각에 윤후를 보며 물었다.

"대식이 아직도 멍 때리고 있냐?"

"훗."

"뭐야? 눈하고 같이 웃어, 목소리만 웃지 말고!"

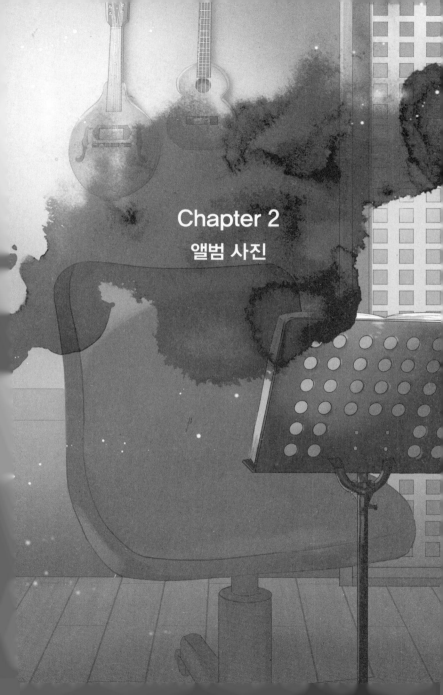

Chapter 2
앨범 사진

옥탑 사무실보다 넓은 1층 사무실에서 직원들은 윤후가 노래하기를 기다리고 있었다. 그때 이종락이 경비 할아버지와 함께 사무실로 들어섰다. 그러자 윤후가 직접 이진술의 자리를 마련해 주었다. 기존 직원들은 워낙 익숙한 광경이기에 할 일을 하느라 바빴지만, 신입들은 이 광경을 희한하단 듯 쳐다볼 뿐이었다. 윤후는 그런 시선에 아랑곳하지 않고 앰프가 연결된 자리에 앉더니 기타에 잭을 꽂았다. 그러고는 시작하려는지 의자에 앉아 기타를 한 번 튕겨보고는 마이크에 입을 대고 이진술을 향해 말했다.

"수목원에서 할아버지 형 만났을 때 만든 노래 기억하세요?"

이진술의 끄덕거림에 윤후는 말을 이었다.

"그때 그 곡을 다듬었어요. 부족하지만 잘 들어주세요."

김 대표는 친절한 윤후의 모습에 피식 웃었다. 아주 드물게 몇몇에게만 친절했고 웃기까지 했다. 물론 자신은 거기에 끼어 있지 못하지만. 윤후가 기타를 연주하기 시작했다.

사무실에 있는 직원들이 쳐다보고 있었지만, 전혀 신경 쓰지 않고 노래를 시작했다. 지금까지 만든 곡들과 지금 부르는 이 노래는 느낌이 달랐다. 그렇다고 기존 곡들이 모자라다는 것은 아니다. 음악성으로만 본다면 지금 이 노래보다 나은 곡도 분명 있었지만, 지금 이 곡만큼은 누가 와도 자신보다 잘 부르고 잘 표현하지 못할 것 같다는 느낌까지 들었다. 그래서인가, 노래를 부르는 자체가 편안하고 즐거웠다.

I will greet you with a smile

이미 들어본 김 대표조차도 윤후의 얼굴에서 눈을 떼지 못했다. 노래를 부르는 윤후가 전과 다르다는 게 확실히 느껴졌다. 평소 윤후는 무표정 속에 꽁꽁 숨어 있는 것처럼 느껴졌는데, 지금 노래를 부르는 윤후는 자신의 본모습을 보여주는 느낌이다. 노래를 부를 때 바뀌는 표정도 놀라웠는데, 그 표정 하나하나가 살아 있었다. 저번에 들을 때와 지금은 또 달랐다. 더 발전해 있었다.

노래를 부르는 저 사람이 자신이 알고 있는 윤후가 맞나 혼란스러울 정도였다. 처음 이강유의 녹음실에서 봤을 때에도 엄청난 충격이었는데, 불과 몇 달 사이에 눈에 보일 정도로 성장해 있었다. 앞으로 얼마나 더 성장할지 궁금했고, 그 모습을 끝까지 옆에서 보고 싶었다. 그때 노래를 마친 윤후의 목소리가 들렸다.

"끝."

김 대표는 언제 그랬냐는 듯 다시 무표정으로 끝을 외치는 윤후의 모습에 헛웃음이 나왔다. 다들 그 말에 정신을 차렸고, 제일 앞에서 노래를 듣던 이진술은 박수를 치기 시작했다. 그 소리에 모두가 오페라라도 본 듯 자리에서 일어나 기립박수를 보냈다.

"좋다! 휘익! 최고야!"

"나도 지금부터 덥덥이다!"

직원들의 환호가 무색해질 만큼 무표정으로 앉아 있는 윤후에게 이진술이 다가갔다.

"좋네요. 우리 형님 만난 기간도 길지 않았을 텐데 소중하게 생각해 줘서 고마워요."

"영어 아세요?"

"하하, 그럼요."

영어를 안다는 말에 새삼 놀라긴 했지만, 자신도 알고 있는데 이진술도 알 수 있다고 생각하곤 넘어갔다. 그러고는 곡에 대해 꺼내놓았다.

"이 곡이요, 제가 만들었지만 가슴이 떨렸어요. 이 곡을 부르면 꼭 옆에서 듣고 있는 것 같은 느낌이거든요."

이진술은 말없이 미소를 지으며 고개를 끄덕였다. 윤후의 자세한 사정을 몰랐기에 형과의 인연을 소중하게 여기는 모습이 기특해 보였다.

"그래요. 워낙 음악을 좋아했는데 그럴 수도 있겠네요. 좋아서 웃고 있을 것 같네요."

이진술은 포근한 미소로 말하고는 자리에서 일어섰다.

"다들 바쁘실 텐데 제가 생각 없이 너무 오래 있었네요. 우리 윤후 군 잘 부탁드립니다."

"하하, 어르신, 걱정 마세요. 정말 친할아버지, 친손주 같으시네."

이진술이 나가자 윤후도 기타를 케이스에 넣으며 주섬주섬 정리했다. 딱 봐도 자기 할 일 끝났다고 가려는 모습에 김 대표는 손가락을 튕기며 윤후를 불렀다.

"어디 가려고? 좀 기다려."

"연습하는 거 봐주려고요."

"너 어차피 뒤에 앉아만 있잖아. 그러지 말고 잠깐만 있어. 물어볼 것도 있고."

"흠."

귀찮아하는 모습이 역력한 윤후의 모습에 김 대표는 어이 없어 웃어버렸다.

＊　　　　＊　　　　＊

"뭐 하러 사서 고생하려고 그래?"

"흠."

옥탑 사무실로 자리를 옮긴 김 대표는 윤후를 보며 이해할 수 없다는 얼굴로 물었다. 도저히 자신으로서는 이해가 되지 않았다.

"혹시 회사 걱정해서 그래? 야, 우리 그 정도는 괜찮다니까!"

무슨 소리냐는 윤후의 얼굴에 머쓱해진 김 대표였다.

"녹음은 네가 알아서 한다고 쳐. 그것까지는 잘하니까 이해해. 근데 사진도 찍으려고?"

"네."

"아니, 아버님 공방에서 제품 사진 찍는 거랑 노래에 쓸 앨범 재킷 사진이랑 같아?"

처음에 윤후와 약속했지만 노래가 너무 좋다 보니 욕심이 생겼다. 좀 더 완벽하게 만들어주려 하건만, 이상한 곳에서 고집을 부리는 윤후였다. 함께 회의실에 있던 A&R 팀의 경력 신입이 대표 앞에서 고집을 부리는 윤후를 신기한 듯 보면서 말했다.

"그것도 그거 나름대로 괜찮은 것 같기는 합니다. 앨범 제작 전체를 주도해서 작업했다고 홍보하면 다방면으로 능력 있는 가수라는 것을 알릴 수도 있을 것 같습니다. 전에 있던 회사에서만 해도 헤이티가 가끔씩 이상한 그림을 앨범 재킷으로 한다고 그랬거든요."

"헤이티는 미술 하던 애로 유명했으니까 괜찮지. 아휴!"

이종락은 윤후를 보며 피식 웃었다. 음원으로만 발표한다면 모를까, 김 대표의 적극적인 노력으로 미니 앨범까지 발매하기로 결정했기에 완성의 퀄리티도 상당히 중요했다. 하지만 그동안 봐온 윤후는 전혀 굽힐 것 같지 않았다.

"그럼 일단 찍어보죠. 찍어보고 판단하는 편이 어떨까요? 윤후 너도 네가 느끼기에 이상하면 스튜디오에 맡기는 걸로 하고. 어때?"

"흠."

"저 봐, 저 봐! 요상한 사진 찍어 와서 잘 나왔다고 할 게

뻔해!"

"아닌데요."

윤후는 답답해하는 김 대표를 전혀 개의치 않았다. 김 대표의 말대로 스튜디오에 맡길 수도 있었지만, '스마일'만큼은 다른 사람의 손에 맡기고 싶지 않았다. 아빠의 공방에서 제품 사진을 찍을 때마다 확실히 느꼈다. 인격들이 사라진 뒤 기타를 좀 더 잘 만들게 된 것도, 노래를 부르는 방법, 음악에 대한 모든 것, 그리고 손재주까지. 유독 까칠하던 제임스를 떠올린 윤후는 피식 웃었다.

"뭐야? 왜 갑자기 말하다 말고 웃고 그래?"

"흠, 찍어볼게요."

"하, 그럼 약속해. 찍은 거 보고 회사에서 안 된다고 하면 포기하는 거다?"

"흠."

"너 잘되라고 하는 건데 뭐가 흠이야?"

"알았어요."

김 대표는 드디어 윤후의 입에서 알았다는 말이 나오자 소파에 등을 기댔다. 졌지만 이긴 것 같은 느낌에 나름 만족했다. 그때, 종락이 윤후를 보며 묻는 말이 귀에 들어왔다.

"카메라는?"

"흠."

생각해 보니 카메라도 없는 윤후는 가만히 생각하다가 김 대표를 물끄러미 쳐다봤다.

"아, 왜 날 봐? 그냥 그 사진기 빌리는 값이나 스튜디오에서 찍는 값이나 비슷하겠구만!"

김 대표가 윤후의 눈을 피해 고개를 돌릴 때, 사무실 문을 노크하는 소리가 들렸다. 그러고는 이주희 기자가 얼굴을 문 사이로 빠끔히 내밀었다.

"아, 이 기자님, 아직 회의 중인데 잠시만 기다… 음?"

김 대표는 이주희가 메고 있는 가방을 보고는 미소를 지었다.

"나이스 타이밍."

*   *   *

며칠 후, 차에서 내린 대식은 찌는 듯한 더위에 얼굴을 한껏 찡그렸다. 날을 제대로 잡았는지 주차장에는 그늘 한 점 없이 햇빛이 쨍쨍 내리쬐고 있었다.

"엄청 덥네. 동혁아, 이거 조심히 들어라."

이미 양손이 짐으로 가득한 대식은 함께 온 신입 매니저에게 짐을 들라고 시켰다. 더운 날씨 때문인지, 터질 것 같은 뱃살 때문인지 땀을 뻘뻘 흘리고 서 있는 신입 매니저를 보며 차 문을 열고 말했다.

"미정아, 왜 안 나오는 겨. 동혁이 숨넘어가는디."

그 와중에 덥지도 않은지 긴팔에 마스크까지 쓰고 있는 윤후의 모습에 고개를 저었다. 이 사달의 원인인 주제에 더위도 안 타는 모습이 얄밉기까지 했다.

"아무도 없는디 마스크는 뭐 하러 쓰고 있는 겨? 남방도 벗고 혀."

그제야 윤후는 주변을 둘러보곤 마스크를 벗었다. 그러고는 차에서 내리는 미정의 짐을 건네받고 앞장서서 걷기 시작했다. 포장된 도로를 따라 한참을 걸었다. 짧은 거리임에도 다들 흐르는 땀을 닦기 바빴다. 윤후는 뒤를 돌아 일행을 보고는 손가락으로 깔끔하게 정렬된 나무들이 가득한 곳을 가리켰다.

"다 왔어요."

"일단 저 그늘에 짐 내려놓죠. 잠깐만 쉬어요."

"그려, 다들 잠깐 앉아 있어."

윤후는 나무가 만들어준 그늘에 앉아 있는 일행의 모습을 본 후 나무를 향해 걸어갔다. 오래되지 않았음에도 굉장히 반가운 팻말이 눈에 들어왔다.

이건술. [1945. 10. 10.~2007. 1. 24.]

나무에 손을 가만히 올리고 눈을 감았다. 나무가 만들어주는 시원한 그늘 때문인지 바람이 귓불을 타고 지나가는 것이 느껴졌다. 마치 기타 할배가 인사를 건네는 것 같은 기분이 들었다.

'저 또 왔어요. 오늘은 저번에 들려 드린 곡 있죠? 완성시켜 왔거든요. 조금 있다가 들려 드릴게요. 그리고 오늘 할배랑 사진도 찍을 거니까 포즈 잘 잡고요. 병원에서 찍을 때처럼 막 인상 쓰고 있지 말고요.'

살살 부는 바람이 알았다고 대답하는 것 같은 기분에 미소를 짓고 눈을 떴다. 일행이 그늘 밑에서 쉬고 있는 모습을 보곤 들고 온 기타를 꺼냈다. 그 상태로 앉아 기타 할배의 나무에 등을 기댔다. 그러고는 기타를 연주하기 시작했다.

조금 떨어진 나무 밑 그늘에 있던 일행은 각기 다른 반응으로 윤후를 보고 있었다. 윤후의 노래를 처음 듣는 신입 매니저나 스타일리스트 미정은 멍한 듯 바라보고 있었고, 이주희는 나무에 기댄 채 노래를 부르는 윤후의 그림 같은 모습을 카메라에 담기 바빴다. 대식은 십 년 전 나무의 주인이 된 인물과 윤후와의 관계를 생각하고 있었다. 10년 전 병원에서의 일은 이진술과의 대화를 통해 알고 있었지만, 그 짧은 시간 동안 저 정도로 깊은 관계가 될 수 있나 하는 생각이 들었다.

"혹시 어머니의 향수를 저 나무한테서 찾는 거여?"

"어? 윤후 어머니 안 계셔? 왜?"

"아니여. 못 들은 걸로 혀."

미정이 입을 빼죽거릴 때, 노래를 마친 윤후가 일행에게 다가왔다. 아무 말도 없이 일행 앞에 선 윤후는 무엇을 찾는 듯 두리번거리더니 신입 매니저가 들고 올라온 검은색 가방을 들어 올렸다. 가방을 들고 다시 기타 할배의 나무로 돌아가려던 윤후는 뒤를 돌아봤다. 그러나 다들 일어설 생각이 전혀 없는 듯한 모습에 어깨를 으쓱하고는 뒤를 돌았다.

윤후는 가방 안에 들어 있는 카메라를 꺼내 들고 이리저리 만져보았다. 분명 전문적인 카메라는 처음 만져보는 것이지만, 손에 느껴지는 감촉은 익숙했다. 가만히 선 채 카메라를 내려다보던 윤후는 피식 웃었다.

'제임스 아저씨.'

윤후는 깊게 숨을 들이마시고는 카메라를 들어 올렸다. 카메라에 얼굴을 천천히 갖다 대고 기타와 기타 할배의 나무를 담았다. 뷰파인더로 확인해 가며 자리를 옮겨갔다. 나무를 몇 바퀴나 빙빙 돌았는지 모른다. 때로는 가깝게, 때로는 멀리 위치를 바꿔가는 윤후였고, 그런 윤후를 보는 일행은 그저 신기한 얼굴로 쳐다볼 뿐이었다.

"팀장님, 지금 뭐 하는 거예요?"

"나도 몰러. 앉아 있다가 이짝 쳐다보면 뭐 필요한 거니까 그때 가서 도와주면 댜."

대식의 말이 끝나기가 무섭게 윤후가 허리를 펴고 일행에게 다가왔다. 가방을 뒤적거리더니 찾는 게 없는지 이주희를 보며 물었다.

"렌즈 다른 건 없어요?"

"네? 있어요. 잠시만요."

이주희는 자신의 카메라 가방에서 렌즈를 꺼내 건넸다. 렌즈가 담긴 케이스를 받은 윤후는 쪼그리고 앉아 렌즈를 바꿔가며 확인하고선 자리에서 일어섰다.

"80㎜ 쓰면 뒤에 배경이 다 날아갈 텐데 괜찮아요?"

"그러려고요."

윤후는 렌즈를 바꿔 끼고는 일행을 한 명씩 위아래로 훑었다. 그러고는 대식의 앞에서 대식을 빤히 쳐다봤다.

"왜 나여? 여기 동혁이 데려다 써!"

"잠깐 나무 밑에 서주세요. 키가 제일 비슷해서요."

윤후를 따라간 대식은 투덜거리면서도 윤후가 시키는 대로 나무 밑에 섰다. 자신을 쳐다보며 웃는 일행을 향해 얼굴을 찡그리고는 나무 밑에 어정쩡하게 서 있을 때, 윤후가 입을 열었다.

"고개 돌려봐요."

윤후의 말에 고개를 카메라 쪽으로 돌리니 윤후가 고개를 저었다.

"반대로요. 얼굴 안 나오게."

빨개진 얼굴로 고개를 돌린 대식은 일행의 웃는 소리가 들리는 것만 같았다. 사진 찍는 소리는 들리지 않고 윤후가 이리저리 움직이는 소리만 들려 궁금하긴 했지만, 자존심에 고개를 돌리진 못했다. 그때, 고개를 돌리고 있는 방향으로 윤후가 카메라를 내밀었다.

"뭐여? 워쩌라고?"

"훗, 됐어요. 이제 나오세요. 어떤지 한번 봐보세요."

시큰둥하게 LCD 모니터로 고개를 돌리던 대식은 다시 고개를 들어 윤후를 쳐다봤다. 하지만 무표정으로 쳐다보고 있는 윤후의 얼굴에, 다시 카메라로 시선을 돌렸다. 한참 동안 카메라를 보고 있던 대식은 손가락으로 사진을 가리키며 입을 열었다.

"이게 나여?"

＊　　　　　＊　　　　　＊

대식은 자신이 맞는 것 같은 사진을 들여다보고는 사진 속의 배경이 이곳이 맞는지 주변을 두리번거렸다. 대식의 반응에 궁금해진 일행이 자리에서 일어나 다가왔다. 윤후의 모습을 촬영하던 이주희까지 다가오는 모습에 대식은 카메라를 황급히 윤후에게 돌려주었다.

"아니여. 앉아서 쉬지 뭐 할라고 일어난 겨. 별일 아니여."

어색해하는 대식의 모습에 더욱 궁금해진 일행은 카메라를 들고 있는 윤후에게 다가갔다. 그러고는 카메라를 빼앗듯이 낚아채 LCD 모니터에 얼굴을 다닥다닥 붙인 채 사진을 확인했다.

"이게 대식이 오빠라고?"

"…대식 씨라고? 말도 안 돼! 방금 전에 꿀 따려는 곰처럼 서 있었는데?"

일행은 대식을 위아래로 훑어보고는 혀를 찼다. 얼굴은 나오지 않았지만, 사진 속의 대식은 평화로움 그 자체였다. 윤후가 허리를 숙이고 찍은 덕분에 아래에서 위로 비춰지는 구도였다. 사진엔 초록빛이 가득했고, 나뭇잎을 비켜 내리는 햇빛이 마치 조명처럼 느껴졌다. 그 아래에서 고개를 돌리고 숲을 보는 듯한 대식은 고개를 돌린다면 마치 미소를 짓고 있을 것처럼 느껴졌다. 지금 찍은 사진인지 몰랐다면 포토샵을 이용했을 것이라고 생각할 정도였다. 일행은 놀란 듯이 윤후를 쳐다봤다.

"따로 사진 기술 배웠어요?"

"흠, 배운 것 같기도 하고요."

"에이~ 그게 뭐예요. 후 님, 그런데 대식 씨 발밑에 반짝이는 건 뭐예요?"

이주희의 말에 일행이 다시 사진을 확인해 보니 대식의 발밑이 드문드문 반짝이는 것이 보였다. 대식에게 빛이 나지는 않았을 테니 윤후가 무언가를 했으리라 생각했다. 하지만 윤후도 왜 반짝거리는지 몰랐기에 사진을 보고 배경을 확인하기 시작했다. 한참을 바닥을 보며 걸어 다닌 윤후는 쪼그리고 앉아 잔디를 쓰다듬어 보고는 하늘을 올려다봤다.

"물이 햇빛에 반사된 거네요."

"뭐여? 내가 아까 뱉은 거 때문에 반짝인 거여?"

대식의 말에 물이 묻은 손을 바지에 쓱 닦은 윤후는 자리에서 일어섰다. 초점 자체를 대식과 나무에 맞췄기에 앞쪽에 떨어진 물방울이 흐릿하게 담겼고, 거기에 햇빛까지 비쳐 반짝이는 효과를 보였다. 우연히 일어난 일이 사진을 더 풍성하게 만든 느낌에 윤후는 미소를 지으며 기타 할배의 나무를 봤다.

'고마워요, 할배.'

그럴 리 없겠지만 윤후가 느끼기에는 기타 할배가 잘 나오도록 도와준 것 같았다. 나무를 보며 미소 지을 때, 이주희와 미정의 말이 들렸다.

"후 님, 저도 한 번만 찍어주시면……."

"후야, 나도 찍어줘. 나 톡 프사에 올려놓게."

두 사람의 모습에 대식이 한심하다는 듯이 고개를 저었다.

"사진 유출하는 순간 대표님한테 뒤지게 욕먹어야 할 건디? 그리고 모델이 좋아야 사진이 잘나오는 거여. 땅딸막해 가지고 매미처럼 나오면 워쩔라고 그려."

미정의 힘찬 발길질을 본 윤후는 피식 웃었다.

*   *   *

라온 엔터의 옥탑 사무실에 있는 김 대표와 A&R 팀은 윤후에 대해 한창 회의를 하고 있었다. 하지만 평소 미소 짓고 있던 김 대표의 얼굴에는 걱정이 가득했다. 경력직으로 온 직원이 그런 대표의 고민이 이해가 되지 않는다는 듯이 이종락을 보며 물었다.

"윤후 씨가 그렇게 말을 안 들어요?"

"응? 아니, 잘 듣지."

"그런데 왜 고민해요? 회사에서 홍보해 주고 스케줄 잡아주고 그러면 가서 방송하면 되는 건데… 그래야 빚도 까고 정산도 받고 그럴 거 아닙니까?"

"윤후, 정산 이미 받고 있어."

"네? 아니… 진짜요? 신인이잖아요."

"훗, 신인이지. 그냥 하늘에서 뚝 떨어진 신인. 지내다 보면 알게 될 거야."

두 사람의 대화를 듣고 있던 김 대표는 답답한지 머리를 매만지곤 입을 열었다.

"방송국 심의는 통과되겠지?"

"다른 곳은 몰라도 완전 영어로 된 가사 때문에 KBC는 확실치 않아요. 많이 완화됐다고는 해도 직접 찾아가서 얘기해 보는 게 좋을 것 같습니다."

"아니, 무슨 시대착오적 발상이야! 요새는 노래에 별의별 가사가 다 들어가는데. 그리고 요즘 영어 모르는 사람이 어디 있어? 안 그래? 아니지. 그래, 모를 수도 있지. 그럼 배워야지. 평생 모를 거야?"

"잘나가는 TMB도 심의 때문에 노래 제목도 바꾸고 그랬는걸요. 그래도 이것저것 해보면 통과는 될 텐데… 일단 윤후한테 한글을 조금만 섞으라고 다시 말씀해 보시죠. 그 편이 제일 쉬울 것 같습니다."

김 대표는 고개를 흔들었다. 한글을 아주 조금만 섞으라는 말을 단칼에 잘라 버린 윤후였다. 게다가 그럴 거면 음반 자체를 안 낸다는 윤후의 고집에 골머리를 썩고 있었다.

"그리고 요즘은 활동 안 하고 음원만 내서 성공하는 가수도 꽤 많은데 꼭 해야 할까요? 홍보는 저희가 책임지고 음원 사이트 순위권에만 올려놓으면 알아서 나갈 것 같은데……."

"앨범만 안 내도 그렇게 하지. 하, 이거 안 팔리면 회사 난리 난다!"

이종락이 걱정하는 김 대표를 쳐다보며 말했다.

"어차피 늦었어요. 이미 찍고 있는데. 그러니까 투자 좀 받자니까."

"안 받고 싶어서 안 받았냐? 종락이 넌 투자자들한테 일일이 참견받으면서 일하고 싶어? 어휴, 윤후 그놈이 말이라도 잘하면 예능이라도 내보낼 텐데."

"그리고 로진에서 만 원 가지고 남는 거 얼마 없다고 판매좀 생각해 보래요."

그때, 김 대표의 휴대전화가 울렸다. 김 대표는 휴대전화를 확인하고는 얼굴을 찡그렸다. 안 그래도 윤후 때문에 머리가 아플 지경인데, 전화를 한 사람이 무슨 부탁을 할지 빤히 보였다. 그렇다고 안 받을 수도 없는 관계이기에 머리를 긁적이며 전화를 받았다.

"재진이 형, 어쩐 일이야?"

─기상아, 나 후 전화번호 좀 알려줘라.

"에이, 바쁘다니까. 조금만 기다려 봐. 형 앨범 참여하라고 말 잘 해놓을게. 나 못 믿어?"

─믿지. 근데 그거 때문에 전화한 게 아니라… 나 수요일에

게스트로 특집 방송 녹화하거든.

"와, 역시 잘나가네. 하하! 언제 방송인데?"

김 대표는 축하해 주는 말투와 달리 시큰둥한 표정으로 전화를 들고 있었다.

─그런데 사전 인터뷰 때 부를 만한 친구가 없냐고 그러는데, 내가 부를 애들이 뻔하잖아. 죄다 늙은이들인데. 그렇다고 내가 요즘 아이돌이랑 친하지도 않고. 그나마 후가 내 팬이라고 그랬잖아.

"그… 렇지. 윤후가 형 팬이지. 하하!"

곤란한 부탁이라고 생각했는데 아예 들어줄 수 없는 부탁이었다. 박재진이 부른다고 '네' 하고 갈 윤후가 아니었다. 괜히 전화번호 알려줘서 인간관계가 틀어질 필요는 없었다.

"그런데 윤후 요새 좀 바쁜데. 아마 안 될 텐데……."

─뭐 하는데 바빠? 나 그럼 올 사람도 없는데.

"가야 되는 거야?"

─그래. '두근거리는 밤'에서 하는 특집이야. 친구한테 전화 걸어서 그 친구가 와줄 수 있나 하는 콘셉트인데… 뭐, 안 되면 어쩔 수 없지. 늙은이들이나 불러야지.

"미안해, 형."

전화를 끊은 김 대표는 거절하기는 했지만 약간 미안한 감도 없지 않아 있었다. 그래서 박재진이 방송일이라고 말한 날

짜에 의미 없이 동그라미를 쳐놓고는 달력을 치웠다. 그때, 옥탑 사무실을 열고 대식이 들어왔다.

"맨날 여 있을 거면 뭐 할라고 1층으로 사무실 옮겼대유."

"인마, 회의실 몰라, 회의실! 너도 저기 앉아."

대식은 자리에 앉자마자 손가방을 뒤적거리더니 탁자 위에 USB를 내려놓았다.

"이게 뭐야?"

"보셔유. 사진 찍어 온 거예유. 지금 보셔유."

보라고만 말하면 또 안 볼 것 같아서 윤후가 찍어온 사진이라고 친절하게 설명해 주었다. 김 대표는 대식이 내미는 USB를 받아 들곤 컴퓨터에 연결했다. 보고받기로는 상당히 잘 나왔다고 들었기에 내심 기대도 되었다. 잠시 뒤 모니터가 초록빛을 내뿜었다. 분위기가 윤후의 노래와 딱 맞는 느낌이 들었다. 뒷모습에서 느껴지는 아련함, 자연이 주는 평화로움에 사진을 들여다보던 김 대표는 고개를 갸웃거렸다.

"워때유? 쥑이쥬?"

"야, 윤후 요즘 살쪘냐?"

이상한 소리를 하는 김 대표의 말에 대식이 모니터 앞으로 다가갔다. 그러고는 마우스를 빼앗았다.

"이건 저구만유. 이 기자님은 따로 달라니까 왜 이걸 여다 넣어놨대."

김 대표는 대식을 올려다보고는 고개를 젓고 다음 사진을 확인했다. 이주희가 촬영을 한 윤후의 사진부터 윤후가 촬영한 사진까지 수십 장이 넘었고, 그중 대식이 가리키는 사진을 클릭했다. 그리고 화면에 보이는 사진에 김 대표는 살짝 놀란 듯 혀를 내밀었다. 예전 기타 사진도 괜찮았는데 지금 보고 있는 사진은 정말 프로 사진작가가 찍은 듯했다. 그야말로 작품 같았다.

"이거 보정한 거야?"

"아니유. 윤후가 절대 손대지 말라고 신신당부했어요. 그대로, 날것 그대로."

보정도 안 한 사진이라는 말에 더 놀랐다. 프로에 비하면 조금 떨어질 거라고 생각했었는데 지금 보고 있는 사진은 그 모든 것이 기우였다는 것을 말하려는 듯 초록빛을 화려하게 내뿜고 있었다.

"좋네. 종락아, 이거 바로 넘겨. 그리고 언제 나오는지 확인하고."

대식은 김 대표의 반응이 의아했다. 분명 웃으며 칭찬을 해 댈 것으로 생각했는데 약간 다운된 듯한 김 대표의 모습이다.

"왜 그려유? 뭔 일 저질렀어유?"

"아, 이 자식이 말을 해도 참… 그냥 생각할 게 많아서 그런다."

"뭐 땜시 그려유? 윤후 땜시 그려유?"

"윤후 아직도 한글로 안 부른다고 그러지?"

"그렇쥬. 희한하게도 그거만큼은 손을 안 대려고 혀니까유."

김 대표는 예상했다는 듯이 의자에 몸을 뉘었다. 이 좋은 곡을 수많은 사람들이 듣게 하려면 어떻게 해야 할까 생각할 때, 거래처와 전화를 하던 이종락이 말했다.

"음반은 케이스 작업까지 다 해서 다음 주 목요일에 온대요. 홍보용으로 쓸 천 장만 회사로 보내주고 나머진 로진으로 보낸대요. 로진에서도 날짜 맞춰서 음원은 목요일에 올려준다고 그러고요."

"그래, 수고했어. 일단 좀만 쉬자. 이따가 다시 부를 테니까 뭐가 좋을지 생각들 좀 하고 있어."

모두가 나가고 혼자 남은 김 대표는 뒤집혀 있던 달력을 돌리고 펜을 들었다. 스케줄이 화이트보드와 컴퓨터로 관리되고 있었지만, 달력에 메모하는 것은 15년째 이어진 습관이다. 달력을 가만히 보던 김 대표는 이미 동그라미가 쳐져 있는 모습에 씁쓸하게 웃었다.

"이날 방송도 나가고, 그날 밤에 음원도 발매되고, 다음 날 아침에 음반 발매되고… 딱 좋겠는데… 녹화 한 번만 뜨면 알아서 통과될 거 같은데……."

김 대표는 박재진의 전화를 받으며 의미 없이 친 동그라미에 덧칠을 하면서 생각했다. 동그라미가 겹치고 겹쳐 날짜가 안 보일 때쯤 김 대표는 전화기를 꺼냈다.

"종락아, 다시 와봐."

다시 종락과 경력 직원까지 모였고, 대식이도 따라 올라왔다. 그러자 김 대표는 잘되었다는 듯 달력을 보이며 씨익 웃었다.

"자, 어떻게 하면 여기에 나가게 할지 의논해 보자."

다들 또 시작이라는 듯 김 대표를 쳐다봤고, 대식은 다른 때보다 두 눈을 반짝이며 김 대표의 말에 귀를 기울였다.

*   *   *

지하 연습실의 지정석에 앉아 있는 윤후는 온종일 일도 안하고 자신을 따라다니는 김 대표를 쳐다봤다.

"흠."

"하하! 왜? 하하!"

어색하게 웃는 김 대표의 모습을 쳐다보자 김 대표가 마치 윤후에게 들으라는 듯 혼잣말을 내뱉었다.

"아, 재진이 형 이번 노래가 그렇게 좋다던데 큰일이네."

윤후가 대꾸도 하지 않자 김 대표는 코를 씰룩거리고는 다시 입을 열었다.

"아, 우리 윤후 노래보다 좋다는 것 같은데 어떡하나."

노래에 관해 얘기하면 분명히 반응을 보여야 하는데 전혀 반응이 없는 윤후였다. 조바심이 난 김 대표는 대식에게 도움을 청하는 눈빛을 보냈다. 하지만 어째서인지 자신의 눈을 피하는 대식의 모습에 김 대표는 대식을 노려보곤 다시 윤후를 쳐다봤다.

"재진이 형이 한번 들어볼 거냐고 물어봤는데 듣고 싶지 않지? 네 노래보다 좋다니까."

"훗."

김 대표는 상당히 당황했다. 자신이 말하면 의심부터 하기는 했지만, 모든 것을 알고 있다는 듯한 반응을 보인 적은 없었다. 그래서 고개를 갸웃거리며 윤후를 쳐다보자, 윤후도 김 대표를 물끄러미 쳐다봤다.

"저 화면에 1분만 나가도 몰라요?"

"어? 어떻게 알았어?"

윤후는 어깨를 으쓱하곤 말했다.

"저번에 방송한다고 약속했잖아요."

"어… 아마 그랬지?"

"언제 전화 와요? 녹화 오늘이라고 들었는데."

그러고 보니 평소에 입고 다니던 검은색 티가 아닌 남방을 입고 있는 윤후였다. 김 대표는 이마를 긁적였다.

"앨범 만드느라 돈 많이 들어갔다고 들었어요. 감사합니다."

"어? 뭐 그런 것까지……."

"원래 앨범 내면 홍보하는 거라고 들었어요."

"그렇긴 하지."

윤후는 이미 대식에게 모든 상황을 전해 들었다. 행사나 공연을 하지 않았고, 그렇다고 광고나 방송 활동을 한 것도 아니었기에 음원 말고는 수입이 없었다. 그런데도 회사에서 준비한 미니 앨범에는 순수 반주만 들어 있는 'Inst 버전'까지 포함되어 있었고, 유통사인 로진의 사이트에서 앨범 일련번호를 입력하면 다운까지 가능하다고 들었다. 게다가 자신이 부탁한 타월까지. 자신의 앨범에 상당히 신경 써주는 모습에 그저 보고만 있기에는 미안한 윤후였다.

윤후의 모습을 지켜보던 대식이 피식 웃고는 김 대표의 귀에 대고 속삭였다.

"봐유. 사실대로 말허니까 허겠다고 허잖아유. 회사 사정도 얘기 안 허믄서 자꾸 구라 치니까 쟤가 맨날 안 헌다고 허잖아유."

김 대표는 멋쩍은지 괜히 볼만 긁적였다.

"애 부담되게 뭐 하러 그런 얘기를 하고 그러냐."

"부담은 무슨. 지 잘되라고 허는 건디. 안 그려유?"

윤후가 옆에서 티격태격하는 김 대표와 대식을 보며 피식 거릴 때, 기다리던 전화가 울렸다. 윤후는 대식과 김 대표에게 조용히 하라는 듯 검지를 입에 댄 뒤 전화를 받았다.

　―후야, 나야. 재진이 형이야.

Chapter 3
녹화 방송

　윤후는 조용해진 김 대표와 대식의 모습을 확인한 뒤 전화를 귀에 가져다 댔다.

　"네."

　─여전하네. 잘 지내나 궁금해서 전화해 봤지. 오랜만에 전화로 목소리 듣네. 한번 봐야 되는데.

　"전화 처음 하셨어요."

　윤후의 말에 김 대표와 대식은 그렇게 말하면 안 된다며 손을 열심히 흔들었다. 그제야 윤후도 고개를 끄덕였다.

　─하하, 자식이 농담은. 너 안 바쁘면 놀러 안 올래?

"어디로 가면 돼요?"

—어? 너 어딘데? 회사야? 너희 회사랑 가까우니까 놀러와. 들려주고 싶은 것도 있고.

김 대표와 작전을 짰는지 노래를 들려주겠다는 박재진의 말에 윤후는 피식 웃었다.

"네, 대식이 형이랑 갈게요."

—어, 그럼 주소 보내줄게. 빨리 와.

윤후는 전화를 끊고 긴장했는지 숨을 몰아쉬는 김 대표에게 자랑스럽게 말했다.

"연기 괜찮았죠? 대식이 형이랑 연습했어요."

"어? 그래, 괜찮더라."

김 대표는 스스로 만족해하는 윤후의 모습에 어색한 웃음을 지었다. 무슨 일이 있어도 절대 연기만큼은 시키면 안 되겠다는 생각이 들었다. 그때, 기타까지 멘 윤후가 인사를 했다.

"다녀오겠습니다."

"어, 그래. 수고해라."

*   *   *

박재진이 보내온 메시지를 받고 도착한 곳은 회사에서 그리 멀리 떨어지지 않은 2층에 위치한 카페였다. 번화가인 탓에 오고 가는 사람들이 상당히 많아 윤후는 마스크를 착용했다.

"워째 사람이 이리 많은 겨. 여서 내려야 쓰겠는디. 내려서 바로 올라가야. 알겠어?"

"네."

윤후는 마스크 하나로 일반인이 된 양 허리를 곱게 펴고 당당하게 차에서 내렸다. 그러나 얼굴은 가릴 수 있지만 더운 날씨 때문에 오히려 더 눈에 띄었다. 지나가는 사람들이 힐끗거리자 마스크를 고쳐 쓴 윤후는 카페 입구로 들어섰다.

계단을 올라 카페 문 앞에 선 윤후는 안에서 들리는 시끄러운 소리에 들어가지 않고 앞에서 상황을 파악했다. 그때, 카페 문이 열리고 안쪽에서 카메라를 들고 있는 사람이 안으로 들어오라는 듯 손을 흔들었다. 들어가야 하나 고민하고 있을 때, 주차를 하고서 계단을 올라오는 대식이 보였다. 대식을 보자 마음이 조금 편해진 윤후는 마스크를 고쳐 쓰고 카페로 들어섰다. 몇 발자국 걷자 환한 조명이 비추었고, 그 조명이 비추는 곳에 많은 사람들이 모여 있었다.

"누구?"

"후? 와, 박재진 씨의 보고 싶은 친구로 가수 후 씨가 오셨습니다!"

어떤 상황인지 알기에 윤후는 출연진과 촬영 팀을 봤음에도 당황하지 않고 고개를 숙여 인사하며 안으로 향했다. 그러자 자신에게 전화를 걸어 이곳까지 오게 만든 박재진이 웃으며 다가왔다.

"크크, 고맙다, 여기까지 와줘서."

"흠."

자신을 쳐다보고 있는 사람들이 전부 연예계의 선배였기에 마스크를 내리고 회사에서 배운 대로 고개를 숙여 인사했다.

"안녕하세요. 신인 가수 후입니다."

인사를 한 뒤 마이크까지 착용하고 자리에 앉자 내심 긴장되었다. 그나마 스태프들 사이에서 엄지를 내미는 대식이 보이자 약간 안심이 되었다. 그리고 그때, MC의 말이 들려왔다.

"반가워요. 시청자 여러분에게 인사부터 하시죠."

"안녕하세요. 신인 가수 후입니다."

"하하, 저 정말 팬이거든요. 예능에서 통 볼 수가 없어서 아쉬웠는데 엄청 반가운데요?"

"네."

"하하, 아까 통화할 때도 들었는데 평소 말이 없으신가 봐요? 그런데 어떻게 저 형이랑 친해졌지?"

그때, 박재진이 옆에서 끼어들어 말했다.

"내 팬이라니까? 후야, 너 내 팬 맞지?"

"에이, 무슨, 형이 후 팬이겠지."

"진짠데? 후야, 확인 좀 시켜줘라."

"하하하, 전혀 아닌 얼굴인데? 박재진 씨, 자꾸 이러실래요?"

박재진은 무표정으로 멍하니 있는 윤후를 보며 빨리 말하라는 듯 손가락질했다.

"내 앨범 다 외우고 있잖아."

"아!"

그제야 무슨 소리인지 이해가 갔다. 별로 어려운 일도 아니기에 고개를 끄덕거리고는 입을 열었다.

"유즈 1집 1998년 발매, 1번 트랙……."

"와! 그만! 충분해요."

박재진의 그룹인 유즈의 앨범을 순서대로 나열하는 모습에 다들 놀란 얼굴로 윤후를 쳐다봤다. 의기양양해진 박재진이 호탕하게 웃으며 윤후의 어깨를 두드렸다.

"야, 너무 티 내지 말라니까. 하하!"

"와, 진짜네. 재진이 형 옛날 사람이라 팬 별로 없는데."

MC가 박재진을 놀리며 제작진이 프롬프터에 올린 글을 확인했다. 그리고 윤후를 보며 물었다.

"그럼 진짜 다 외우고 계신 거죠? 확인해 봐도 되겠습니까?"

"네."

"유즈 3집 앨범의 4번 수록곡은?"

"언덕의 기억."

"정답! 완전 신기하네. 형이 직접 맞혀봐요. 앨범 수록곡 중 5집 앨범 7번째 곡은?"

"……."

대답을 못 하는 박재진 덕분에 촬영장에 웃음이 터졌다. 그 뒤 몇 번의 확인 질문을 하던 MC가 웃으면서 질문했다.

"그럼 저기 있는 함오진 씨 1집 앨범 세 번째 곡은?"

"야, 왜 나야?"

개그맨이면서도 앨범을 낸 함오진이었기에 MC가 놀리려는 질문이었다. 하지만 윤후는 뒤를 돌아 함오진을 가만히 쳐다봤다. 노래 자체는 상당히 마음에 안 들었지만 기억하고 있었다. 고개를 돌려 다시 입을 열었다.

"맞사옵니다요."

윤후의 말에 다들 윤후를 쳐다보고는 맞느냐는 얼굴로 함오진을 쳐다봤다.

"맞는데? 어떻게 알았지?"

"맞다고? 진짜? 제목도 완전 이상한데? 그거죠? 형 내시 할 때 하던 거. '맞사옵니다요' 맞죠?"

함오진의 흉내를 내는 MC 덕에 다들 웃었다. 그러고는 다시 윤후에게 시선이 집중되었다. MC는 방송이 윤후에게 편중

되는 것 같은 생각에 작가를 봤지만, 프롬프터에는 근황이라는 글이 올라오고 있었기에 안심하며 질문했다.

"역시 잘나가는 데는 이유가 있네요. 이렇게 노력하니까 음원 깡패라는 소리를 듣는 거 아니겠습니까? 그런데 생각보다 활동을 일찍 마무리하셨던데 요즘은 뭐 하고 계세요?"

"음, 노래 만들고요, 사진도 찍고 그랬어요."

"취미가 사진이에요?"

"아니요."

스태프 사이에 있던 대식은 미리 준비해 온 USB를 제작진에게 넘겼다. USB에 담긴 내용을 바로 확인한 제작진이 MC를 불렀다. 스튜디오에서 녹화했다면 끊지 않고 바로 메인 화면에 사진을 띄우며 이어갔을 테지만, 야외 촬영인 탓에 따로 확인하느라 잠시 촬영을 끊고 MC에게 태블릿 PC를 건넸다.

"상훈 씨, 이거 봐. 이거 쟤가 찍은 거래."

"와, 이거 후 씨가 찍은 거야? 잠깐만. 이거 가져가서 보여줘도 괜찮아?"

"기다려. 화면에 지금 띄워줄게."

잠시 후 화면에 윤후의 사진이 올라왔다.

"이 사진, 느낌이 엄청 좋은데? 나 이거 프사로 하게 좀 보내주면 안 돼?"

"이야, 이러다가 가수 때려치우고 사진작가 하는 거 아니야?"

다들 사진에 대해 잘 몰랐지만, 사진이 주는 느낌이 마음에 드는지 한참을 쳐다봤다. 윤후는 그 모습이 만족스러운지 흐뭇하게 지켜봤고, 그때 박재진이 다가와 툭 건드렸다.

"사진 잘 찍네. 저게 이번 앨범 사진이야? 노래도 죽인다더니만."

"네."

박재진은 윤후의 반응에 피식 웃었다. 대답은 '네'가 전부였지만, 예의가 없는 것은 아니었다. 대답할 때는 눈을 꼭 맞추고 있었다. 대화가 어색해지자 박재진은 둘 사이의 공통점인 김 대표 얘기를 꺼냈다.

"기상이가 노래 들려준다고 그러라고 신신당부해서 그런 거니까 오해하진 마. 하하!"

대식에게 들어 이미 알고 있는 윤후는 대수롭지 않게 대답했다.

"네, 선배님. 그런데 노래는 언제 해요?"

"선배님은 무슨, 형이라고 해. 너, 목은 풀었어?"

"네, 선배님."

여전히 선배님이라고 선을 긋는 윤후의 모습에 박재진은 피식 웃었다.

"이따가 상훈이가 자연스럽게 얘기 꺼낼 거야. 그때 부르면 돼. 대본에 없는 거라서 상훈이가 대충 얘기하면 내가 끼어들 거야. 너는 거기에 맞춰서 호응만 하면 돼."

"네."

"그리고 와줘서 고마워. 끝나고 밥이라도 먹고 가자. 형이 쏠게."

박재진과의 대화가 이어질 때, 촬영을 재개한다는 스태프의 알림과 함께 다들 자리에 앉았다. 출연진이 준비를 마치자 스태프가 박수 슬레이트로 촬영을 재개했다.

"이야, 이거 진짜 후 씨가 찍었어요?"

녹화가 사진 얘기로 시작되었고, 박재진은 잘되었다는 듯이 MC를 보고는 윤후의 귀에 입을 대고 속삭이는 시늉을 했다.

"방송 중에 무슨 얘기를 하시는 거예요? 같이 얘기해요."

"하하, 아니, 저 사진을 이렇게 막 보여줘도 괜찮으냐고 했죠."

"왜요? 아무나 보면 안 되는 사진이라도 되나요?"

"그게 아니라 후 미니 앨범 재킷 사진이거든요. 음, 근데 생각해 보니 괜찮을 것 같기도 하고요. 이거 방송하는 날 음원 나온다고 들었으니까요."

박재진에게서 이미 얘기를 들었지만, 그렇다고 해도 굉장히 자연스러운 연기였다. 그 때문인지 이상하게 박재진에게서 김 대표의 냄새가 물씬 풍겼다. 역시 한솥밥을 오래 먹은 사람답다는 생각이 들었다.

"뭘 그렇게 처다봐? 말하면 안 되는 거였어?"

"아니에요."

"하하, 또 두 분이서 얘기하시네. 그럼 저희 300회 축하해 주는 셈 치고 후 씨의 신곡으로 축하 공연 어떠십니까?"

제작진의 반응을 살펴보던 박재진이 성공했다는 얼굴로 윤후에게 윙크를 했다. 그러고는 스태프 사이에 있던 대식이 언제 가져왔는지 자신의 기타까지 스태프를 통해 건네주었다. 기타를 받아 든 윤후는 고맙기도 하고, 갑자기 신곡을 예능에서 발표하게 된 지금의 상황이 웃긴지 피식 웃었다.

"제목은 스마일입니다."

촬영 팀은 조금 떨떠름하긴 했지만 편집을 하면 된다는 생각에 지켜봤다. 촬영장에 있는 연예인들은 촬영이 윤후 위주로 진행되자 분량 욕심 때문인지 불만이 있어 보였다. 다들 박수는 쳐주고 있었지만, 예의상 치고 있다는 것이 느껴졌다. 각자 머릿속으로 어떤 얘기를 꺼내 자신에게 이목을 집중시킬 수 있을까 생각할 때, 윤후의 기타 연주 소리에 집중이 깨졌다.

I'll remember All of you

스태프들 사이에 있던 대식은 흥미진진한 얼굴로 다른 사람들이 어떤 반응을 보일지 살피고 있었다. 그때, 윤후의 첫 소절이 들렸다. 몇 번이나 들었지만 들을 때마다 온몸에 소름이 돋았다. 팔을 쓰다듬고 주변을 돌아보기 시작했다. 제작진의 수장이라 할 수 있는 PD 역시 윤후의 목소리에 소름이 돋는지 멍한 얼굴로 팔을 쓰다듬고 있었다. 작가들 역시 말할 것도 없었고, 다른 연예인들의 매니저 역시 눈도 껌뻑이지 않고 윤후를 쳐다봤다. 그 모습에 대식은 윤후를 쳐다보며 미소 지었다. 자연스러운 미소로 고개를 끄덕거리며 노래를 부르는 윤후의 모습이 빛이 나는 것처럼 느껴졌다.

한참 동안 윤후의 노래만이 들리는 촬영이 계속될 때, 많은 사람을 이끄는 수장답게 PD가 정신을 차리곤 촬영 팀을 보며 인상을 썼다.

"카메라, 왜 전부 쟤만 찍어요? 자기 맡은 섹터 제대로 찍어서 표정 다 담아주세요. 그리고 오디오 체크 확실하게 담아. 숨소리 하나까지 다."

그 와중에도 윤후의 노래가 이어졌다. 맛보기로 짧게 보여주는 것이 보통이건만, 그 누구도 끊을 생각을 하지 않고 윤후를 쳐다보거나 눈을 감고 있거나 둘 중 하나였다. 어느덧 윤후는 마지막 가사를 불렀고, 기타 연주마저 끝났다. 윤후는 조용한 촬영장을 보며 '끝'이라 말하려 했지만, 이미 눈치를 채고서 손을 휘젓는 대식을 발견하고선 MC의 말을 기다렸다.

그때, 스태프들 사이에서 박수 소리가 울리기 시작했고, 그제야 다른 사람들도 다 같이 박수를 치며 참고 있던 숨을 뱉었다. 서로의 얼굴을 쳐다보며 '너도 노래에 빠져 있었느냐'는 얼굴을 확인하고는 허탈하게 웃었다. PD는 윤후의 목소리가 제대로 담겼나 확인하기 위해 후배인 오디오 감독에게 다가갔다.

"왜 체크 안 하고 그러고 있어? 제대로 담았어?"

"쟤 뭐야?"

"왜 그래?"

"난 내가 EQ 만지고 있는 줄 알았어. 성량 조절이… 그러니까 목소리에 강약을 주는 건 이해하겠는데 기타까지 스튜디오에서 믹싱한 것처럼 오디오를 타고 들어와. 이거 봐. 나 손도 안 댔다. 내가 13년 동안 이 짓 하면서 저런 소리 처음 들어본다."

PD는 녹화장에 다시금 무표정으로 멍하니 앉아 있는 윤후를 보며 눈썹을 긁적였다. 토크를 조금만 잘해도 방송이 대박을 치겠는데 윤후의 짧은 대답이 영 못마땅했다. 그렇다고 방송에서 노래만 틀 수도 없는 것 아니겠는가. PD는 윤후를 보며 고민에 휩싸였고, 그 모습에 오디오 감독이 혀를 찼다.

"또 애 하나 잡겠네."

*   *   *

"자, 여러분, 장비 체크 좀 하게 녹화 끊었다 갈게요."

PD의 말이 끝나기 무섭게 박재진이 윤후의 등을 두드렸다.

"와, 이 자식 이거, 노래 굉장한데? 이번에 쓴 거야?"

"네."

"하, 내가 그렇게 같이 작업하고 싶다고 그랬는데도 기상이 자식이 꽁꽁 숨겨놓는 이유가 있었네. 담배 피우냐?"

"아니요."

"그래, 쉬고 있어. 담배 좀 피우고 올게. 그리고 너 앨범 나오면 나한테 꼭 줘야 된다?"

"아이고, 돈도 잘 버는 양반이 돈 주고 사지는 못할망정! 후 씨한테 헛소리하지 말고 빨리 나와요!"

이성훈이 박재진을 구박하며 끌고 나갔다. 그 모습을 물끄러미 쳐다보고 있을 때, PD가 자신을 향해 손을 흔드는 모습이 보였다. 주변을 두리번거리며 자신이 맞나 확인한 윤후는 천천히 자리에서 일어섰다. 윤후는 털레털레 PD에게 다가갔고, 그 모습을 지켜보던 대식은 윤후가 칭찬이라도 받을 것이라 생각하며 미소를 짓고서 PD에게로 향했다.

"후 씨, 여기 화면 좀 봐요."

"네."

"회사에서 방송에 나와선 웃으라고 안 가르쳤어요?"

"네, 절대 웃지 말라고 그러셨어요."

"음?"

PD는 자신을 빤히 바라보는 윤후를 가만히 쳐다봤다. 억지로 웃는 윤후의 모습이 얼마나 이상한지 모르는 PD는 지금 윤후가 대드는 것처럼 느껴졌다. 아무리 음원에서 좋은 성적을 거뒀다고 해도 신인이다. 그런 신인 주제에 표정 하나 변하지 않고 말대답을 한다고 생각한 PD는 얼굴을 찡그렸다.

"하하, 건방지네. 지금 내가 장난하는 것처럼 보여요?"

"아니요."

PD는 윤후의 짧은 대답 때문에 점점 격해졌고, 자신과 눈을 빤히 맞추고 있는 윤후의 모습에 헛웃음을 내뱉었다.

"아무리 방송이 변했다고 해도 너무하는데? 왜, 좀 잘나가다 보니까 방송도 우스워요?"

"아니요."

계속된 윤후의 대답에 PD는 윤후를 쳐다보며 얼굴을 찡그렸다.

"하, 이것 봐라? 지금 살릴 컷도 다 죽어나가는 거 몰라? 뭐 이렇게 당당해?"

PD는 처음부터 이럴 생각은 아니었다. 신인들이야 약간만 지적해도 잔뜩 움츠리게 마련이건만 이상하게도 앞에 서 있는 녀석은 반응이 묘했다. 지금도 자신의 눈을 똑바로 쳐다보고 있는 윤후의 모습에 윽박지르다 보니 정말로 화가 오르고 있었다.

"흠."

"흠? 하하, 어이가 없네. 흐음? 지금 흠이라고 했어?"

"죄송합니다."

드디어 윤후에게서 죄송하다는 소리를 들은 PD는 이때다 싶어 더 몰아쳤다. 잠시 후 다독여 주면 녹화에 최선을 다해 임할 것이 틀림없었다. 지금까지 안 그런 신인을 한 명도 못 봤으니까. 하지만 너무 화를 낸 탓에 보는 눈이 많아졌다. 그에 PD는 심호흡을 하고 윤후를 쳐다봤다.

"하아, 됐으니까 이따가는 좀 웃어요. 알았어요?"

"……"

어떻게 해야 하는지 고민하는 윤후의 모습에 PD의 얼굴이 사정없이 구겨졌다.

"대답하는 거 안 배웠어요?"

"배웠어요."

"그런데 계속 이래? 왜 그렇게 쳐다봐? 기분 나쁘다 이거야?"

윤후도 처음 겪어보는 상황이지만 최선을 다해 친절하게 대답하고 있었다. 있는 그대로 착실히 대답하고 있건만 돌아오는 반응은 점점 더 격해졌다.

"하, 어디서 양아치 같은 놈 하나 데려왔네. 어떻게든 한 번이라도 방송에 나오고 싶어서 새벽부터 줄 서 있는 신인이 한둘인 줄 알아? 우연히 떴으면 감사해하고 겸손하게 행동해야지. 너 하는 거 보니까 안 봐도 금방 사라지겠다."

PD도 보통 이 정도까진 하지 않는데 보통 신인과 다른 윤후의 반응에 격해지다 보니 해선 안 될 말까지 해버렸다. 순간 아차 싶었지만 자신이 그런 말을 뱉게 만든 원인은 지금도 표정 없이 빤히 쳐다보고 있는 윤후 탓이라고 생각했다.

한편, 대식은 전혀 생각하지 못한 일에 상황을 지켜봤다. 인디밴드가 많은 회사였기에 공연 위주로 다녔다 하더라도 방송국에 안 다녀본 것은 아니다. 방송국마다 신인만 보면 무시하고 쥐 잡듯이 잡으려 하는 PD가 꼭 한두 명씩 있었기에 이런 장면도 가끔 봐왔다. 하지만 윤후가 그 대상이 될 줄은 전혀 예상하지 못했다. 마음 같아서는 당장에라도 윤후를 데리고 나오고 싶었다.

아무리 방송국과 기획사가 갑과 을의 관계에서 비즈니스 관계로 동등한 입장에 섰다 하더라도 그건 어디까지나 힘이 있는 기획사에 한해서였다. 라온은 간판 얼굴이라고 할 수 있는 연예인이 지금 혼나고 있는 윤후가 다였기에 대식은 당장 나가서 PD와 한 판 붙어야 하나, 아니면 꾹 참고 있어야 하나 하는 생각으로 고민스러웠다.

결국 양아치라고 내뱉는 PD의 말에 참지 못하고 일그러진 얼굴로 앞으로 나서려 할 때 자신을 보며 고개를 젓는 윤후와 눈이 마주쳤다. 순간 대식이 멈추자 윤후가 고개를 숙이며 입을 열었다.

"죄송합니다."

"너 똑바로 해라. 앞으로 내가 하는 프로그램에는 나올 생각도 하지 말고."

"네, 죄송합니다."

그때, 담배를 피우러 나갔던 박재진이 돌아온 후 이상해진 분위기를 눈치채고 윤후의 옆으로 다가왔다.

"왜 그래? 혼나고 있어?"

"아니요."

"구 PD, 잘 좀 봐줘. 내가 애 데뷔 전부터 봐서 아는데, 나 처음 봤을 때도 그랬어. 낯을 많이 가리더라고. 윤후, 커피는 마셔? 커피 한잔하자."

박재진의 말에도 윤후가 PD를 보며 서 있자 PD는 가라는 듯 손을 휘저었다. 그제야 윤후는 박재진에게 이끌려 카페를 나섰고, 현장에 남은 구 PD는 못마땅한 듯 얼굴을 찡그렸다.

"형, 왜 그랬어? 쟤 요즘 잘나가는데."

"지가 잘나가 봤자 신인이지. 애가 버릇이 없잖아. 방송을 뭐로 아는 건지……."

"에이, 예능 안 해보면 다 저러지. 알잖아."

"애를 어떻게 가르치는 거야. 딱 봐도 행사용으로 만들었는데 우연히 뜬 거잖아. 안 그래? 어디 붙어 있는 건지도 모르는 회사 주제에. 그러니까 관리를 저따위로 하는 거지. 됐고, 녹화 이어갈 때 쟤는 건너뛰고 해. 알아듣게 말하면 알아들어야지."

일부러 들으라고 하는 건지 유독 크게 말하는 구 PD의 말에 윤후가 옆에서 인상을 쓰고 따라오는 대식을 쳐다봤다. 역시나 대식도 들었는지 얼굴이 일그러져 있었다.

*　　　　*　　　　*

평소에도 그렇지만 오늘따라 아무런 대화가 없는 차 안의 공기는 무겁기만 했다. 대식은 룸 미러를 통해 이어폰을 꽂은 채 눈을 감고 있는 윤후를 살펴봤다. 윤후가 PD에게 혼날 때 자신이 앞으로 나서지 않은 것이 후회되었다. 그래서 마음이 한없이 무거워져만 갔다.

"다 왔는디, 잠깐 얘기 좀 혀."

윤후의 집 앞에 도착한 대식은 편의점에 들려 커피를 사와 윤후에게 건넸다.

"아까 마셨어요."

"그려? 뭐 다른 걸로 사다 줘?"

"괜찮아요."

차 안은 어색한 침묵이 가득했고, 대식은 한숨을 깊게 내뱉고 입을 열었다.

"…미안혀."

"흠."

"내가 말이여, 맴 같아서는 그 PD 놈 대갈빡을 후려갈기고 싶었는디 회사 식구들 얼굴이 갑자기 떠오르는 거여. 내가 약속헐게. 만약 다음에 또 그런 일이 있으면 무조건 대굴빡 후려갈길 거여. 미안허다. 진심으로."

"훗."

윤후는 PD에게 고개를 숙인 이유가 대식이 나서면 오히려 일이 커질 거란 생각 때문이었다. 그렇게 되면 회사에 어떤 피해가 갈지 모른다고 생각했는데 대식도 마찬가지였다는 소리에 피식 웃어버렸다.

"웃기는… 진심이여. 미안혀."

"괜찮아요."

"나 땜시 그런 거면 다음부터는 절대로 죄송허다고 허지 마. 알겄어? 해도 내가 헐 테니까. 그게 내가 헐 일이여."

"배운 대로 한 거예요. 정말 괜찮아요."

회사에서 윤후가 처음 배운 교육이 인사였다. '안녕하세요.

신인 가수 후입니다'와 '죄송합니다' 이 두 가지. 이렇게 써먹게 될 줄은 몰랐지만. 대식도 그것을 알기에 윤후를 안쓰럽게 쳐다보며 입을 열었다.

"회사가 힘이 없어서 그려. 숲이나 KM 이런 데면 빌빌 기었을 거근서 말이여."

"키우면 되죠."

"대표님 보고도 그런 소리 나오는 겨? 그 양반이 잘도 키우겄어. 회사가 크려면 말이여, 사람이 좀 독허고 그런 면이 있으야 허는데 이래도 허허, 저래도 허허 그러는디 워째 크냐. 안 그려? 사기나 안 당허든 다행이여."

김 대표를 생각한 윤후는 피식 웃었다. 사람을 많이 만나보지는 못했지만, 충분히 좋은 사람이라는 것을 느끼고 있었다. 비록 귀찮게 하긴 하지만.

"그나저나 오늘 헛수고했네. 그래도 그 PD 놈이 생각이 있으면 노래는 내보내겄지. 그쟈?"

"훗."

"뭐여? 왜 자꾸 웃는 겨? 그러고 보니 계속 쪼개고 있는디?"

"아니요."

"이봐. 정색허네, 또. 이거 대표님헌티 못된 것만 배웠구먼."

"훗. 내일 애들 연습 시간 맞춰서 저 좀 데리러 와주세요."

"내일 쉬지 뭐 헐라고 오려고 그려."

대식은 미소를 지은 윤후가 집에 들어가는 모습을 확인하고야 차에 시동을 켰다.

"자식이, 웃기는. 안 웃는 놈이 웃으니까 더 짠허잖여."

*   *   *

깔끔해 보이는 한정식 집에서 숲 엔터테인먼트 콘텐츠 기획팀의 정광영 PD는 공손하게 앞에 앉은 인물에게 술을 따랐다.

"선배님, 정말 잘 생각해 보세요."

"나도 끌리긴 해."

"정말 기획만 좋으면 밀어주는 게 장난 아니에요. 일단 투자자들이 줄을 서 있어요. 그래서 제작비 걱정은 전혀 생각 안 해도 돼요. 기획만 좋으면 출연료 걱정 없이 원하는 애들 데려다 써도 될 만큼 제작비 빵빵하다니까요."

"그래, 알지. 그래도 나이가 나이다 보니 걱정이 앞서네. 애들도 이번에 대학 들어가고."

"그러니까 더 오셔야죠. KBC CP 월급으로도 등록금 정도는 낼 수 있겠죠. 그런데 KBC나 다른 지상파와는 차원이 달라요."

정광영의 앞에 앉은 사람은 술을 들이켜고는 다시 잔을 채웠다. 처음 CP를 달았을 때만 하더라도 고생 끝이라고 생각했는데, 점점 현장에서 멀리 떨어져 관리만 하다 보니 방송 감각이 떨어지는 것을 스스로도 느끼고 있었다. 밑에서 수많은 후배들이 언제 치고 올라올지 모르는 긴장감 속에서 정광영이 보내는 러브 콜은 꽤나 달콤했다.

"제가 이번에 M뮤직 'US' 연출한 거 아시죠? 오늘 3회 나가는데 회사에서 보너스로 이렇게 줘요."

손가락을 들어 올리는 정광영의 모습에 CP는 놀란 듯이 물었다.

"정말? 방송이 끝나지도 않았는데? 휴가나 그런 것도 아니고?"

"네. 하하! 아시잖아요. 오늘 방송 나가면 또 방송에 나간 음악으로 음원 줄 세울 텐데. 그리고 케이블 시청률이 4.5%면 말 다 했죠. 하하!"

마치 자랑이라도 하듯 말하던 정광영은 최진한 CP의 얼굴을 살피고는 조심스럽게 얘기를 꺼냈다.

"선배님이 전에 말씀하신 거 있잖아요. 여행을 주제로 한 기획. 전 그거 대박 날 거 같거든요."

"그렇지. PD 시절에 정말 야심차게 준비했는데 제작비 때문에 회사에서 빠꾸 먹고 처박혔지."

"그거 저희 회사 오셔서 같이해요."

순간 눈동자가 흔들린 CP는 술은 연거푸 들이켜고는 한숨을 내쉬었다. 당장 대답하기는 힘든지 다시 술을 들이켜고 말을 돌렸다.

"그런데 그 시크릿맨은 누군데 그렇게 숨겨났어?"

"하하, 안 그래도 그 질문 때문에 제가 전화를 꺼둘 정도예요."

"누군데?"

"하하, 이거 말하면 안 되는데… 뭐, 선배님이니까."

대답을 들은 CP는 의아한 얼굴로 정광영을 쳐다봤다.

"하하, 기획만 좋으면 그런 신인으로도 마음껏 방송할 수 있습니다. 확 끌리시죠? 하하!"

*   *   *

비록 비싸고 깔끔한 한정식 집은 아니지만 옥상 정자에서 넓은 하늘을 지붕 삼아 소주를 마시는 김 대표는 고개를 떨궜다.

"내가 워찌나 속상허던지."

"진짜 죄송하다고 그랬단 말이지?"

"그랬다니까유. 왜 그런 걸 가르쳐 가지고는……."

"그러게 말이다. 후… 그럴 때 쓰라고 가르친 게 아니었지."

김 대표는 대식에게 촬영장에서의 일을 전해 듣곤 답답한 마음에 술잔을 기울이기 시작했다. 자세히 알지는 못하지만 자폐증이라는 병을 앓았고, 그 병을 이겨냈다는 정도는 알고 있었다. 그런 윤후가 고개를 숙여 '죄송합니다'라고 하는 모습을 상상하니 가슴이 먹먹했다.

"노래는 잘했고?"

"그쥬. 뭐, 기가 맥히쥬. 사람들 전부 빤쓰 갈아입었을 거여유."

"후, 그래."

일회용 소주잔을 빙빙 돌리기만 하던 김 대표는 단숨에 소주를 들이켜고는 하늘을 보며 말했다.

"대식아, 우리가 큰 기획사들처럼 방송국에 출연 안 한다고 그러면 무서워할까?"

"어디 개가 짖나 그러고 말겠쥬."

"아, 이 자식이 말을 해도 참. 우리가 힘이 없긴 없구나."

"안 그래도 아까 윤후헌티 그러니까 키우면 된다고 허던디요."

김 대표는 그런 말을 했을 윤후를 상상하고는 쓸쓸하게 웃었다.

"지가 무슨 힘이 있다고 회사를 키워? 조금 있다가 윤후 큰 회사로 보내자. 이번 앨범 나오면 다들 못 데려가서 안달 나겠지, 뭐."

"에이, 잘못 아셨슈. 이제야 실실 쪼개는 놈인디 다른 데 가면 워쩌겠슈. 지 맴대로 허게 내비 둘 거 같아유? 그놈이 새벽에 나와서 새벽에 들어가는 스케줄을 감당할 수 있을 거 같아유?"

"그래도 이렇게 무시는 안 당하겠지."

대식도 소주를 들이켜고는 말을 마저 했다.

"그리고 말이여유, 윤후 내일도 회사 나온대유. 말은 안 허지만 지도 많이 속상헌지 연습생 애들 기가 맥히게 만들어서 회사에 힘 좀 실어주려는 거 같아유."

"하, 그래?"

정자에 앉아 있던 김 대표는 바닥으로 내려와 드러누웠다. 정자 지붕에 막혀 있던 하늘이 보이자 막힌 속이 뻥 뚫리는 것만 같았다. 한참을 맨바닥에 누워 하늘을 바라보던 김 대표는 그 상태로 입을 열었다.

"우리도 자존심은 지키자."

"KBC 안 나가게유? 종락이 형이 대표님 달달 볶을 턴디유."

"지도 윤후 얘기 들으면 이해하겠지. 우리 회사에 지금 방송 하는 애가 윤후랑 OTT밖에 더 있어? 음방은 하고 싶어 하니까 음방만 하게 하자."

"어차피 갸들도 다음 주면 활동 끝나는디유. 뭐, 대표님 생각이 그러시다면야 알아서 하셔유."

말을 뱉자 속이 시원해진 김 대표는 팔로 머리를 괴고 대식에게 물었다.

"그 새끼 이름이 뭐라고 했지? 구 PD?"

"맞어유. 구 PD 그 시끼가 대굴빡에 머리카락이 없어서 그른가 싸가지도 없어유. 아, 대표님보고 허는 얘기는 아니여유."

"이 자식이… 난 민 거라니까!"

Chapter 4
꼼수 왕 김 대표

다음 날.

옥탑 사무실에서 김 대표에게 어제 있었던 얘기를 들은 이종락은 심각한 얼굴이었다.

"윤후가 딱 오해 사기 쉽잖아요. 제가 직접 찾아가 볼게요. 우리가 KBC 방송 안 한다고 그래도 우리만 손해고……."

김 대표는 회사 사람에게만이라도 윤후가 어떤 아이인지 알려줘야 하는 것인가 상당히 고민되었다.

그때, 옆에 있던 바나나 엔터에서 경력을 쌓은 직원이 고개를 갸웃거렸다.

"이상하네요. 쌍팔년도도 아니고 PD가 직접 출연진을 불러서 가르쳤다고요? 대식 씨를 통해서 언질 준 것도 아니고?"

"그랬다는데?"

"이상하네. 통편집을 했으면 했지 따로 불러내서 혼내고 그러진 않았을 텐데. 게다가 후는 우정 출연이었잖아요. 그럼 PD도 알아서 챙겨줬을 건데……."

그러고 보니 이상했다. 방송보다는 공연 위주로 활동하는 라온이지만 그래도 방송이 어떻게 돌아가는 것 정도는 알고 있었다. 드라마나 영화 촬영 현장이라면 모를까, 예능 PD가 사람이 많이 모인 곳에서 우정 출연을 한 출연자를 혼냈다는 것이 상당히 이상했다.

"아무리 생각해도 이상한데요. 후가 마음에 안 든 건가?"

"마음에 안 들었을 리가……."

한참 동안 생각하던 경력 직원은 무언가 떠올랐다는 듯 김대표를 쳐다보며 물었다.

"…혹시 구 PD예요?"

"어? 어떻게 알았어?"

"맞네. 혹시나 했는데… 그 자식밖에 없죠. 예전에 바나나에서 헤이티한테도 지랄했거든요. 그냥 신인만 보면 좋게 말하는 척하면서 점점 윽박질러요. 그래놓고 다독이고. 그러면서 친분 쌓았다고 나중에 지 필요할 때마다 불러내려 하고.

그런데 후한테는 사과도 안 했대요?"

"사과는 무슨. 막 삿대질하고 욕하고 그랬다는데."

"이상하네. 아무튼 전에 KM 애들한테 그 짓거리 하다가 대판 욕먹고 한동안 조용했거든요."

얘기를 듣던 김 대표의 얼굴은 점점 일그러졌다.

왜 하필 그 대상이 후였는지.

＊　　　　＊　　　　＊

편집된 영상을 확인하고서 흡연실에 도착한 구 PD는 흡연실 문을 열자마자 뜻밖의 인사에 당황했다. 모여 있는 사람들의 중심에 회사의 오래된 선배이자 자신의 롤모델이라고 할 수 있는 최진한 CP가 있었다.

"어이, 구 PD, 한 건 했다며?"

"네?"

"왜 이래? 다 들었는데. 어떻게 알고 섭외했어?"

도통 모를 소리를 하는 CP의 말에 몇 가닥 없는 머리를 긁적거렸다.

"무슨 얘기신지……."

"후 말이야. 조금 전에 얘기하는데 너 '두근거리는 밤' 녹화 때 후 나왔다고 해서 깜짝 놀랐지 뭐야."

구 PD는 후의 얘기에 혹시 CP와 개인적인 친분이 있는 것은 아닐까 조심스럽게 질문했다.

"혹시 아는 사이세요?"

"아니. 너 설마 모르고 섭외했어?"

"뭘 모르는지… 제가 잘 모르겠는데……."

"하하, 이거 운도 좋네. 니들이 얘기해 줘라."

최진한 CP가 흡연실을 나가자 동기들과 후배 PD들이 옆으로 바싹 다가왔다.

"뭔데? 뭐 건드리면 안 되는 애야?"

"너 설마 또 애 잡았냐?"

"아니야. 뭔데?"

"에라이, 이 새끼한테 도움 좀 받아보려 했더니. 야, 음원 사이트나 확인해 봐."

혹시 윤후의 곡이 1등인가 하는 생각을 했다. 하지만 녹화 때 듣기로는 방송날 음원이 공개된다고 했었기에 뭘까 생각하며 휴대폰을 들여다봤다.

"이게 뭐?"

"M뮤직 'US' 시청률 잘 나온다고 반만 따라가라고 까인 게 엊그제인데 그거 보고도 몰라?"

"1등부터 5등까지 전부 'US'에서 나온 곡이네. 혹시 후 그놈이 'US'에도 나왔어? 아닌데. 여기는 숲 엔터잖아."

"너 방송은 봤지? 컷 중간중간 컷인으로 하단에 보이는 그림 봤어?"

구 PD 역시 방송을 봤기에 동기가 말하는 것이 무엇인지 어렴풋이 알 것 같았다. 프로그램 'US'의 시그니처이기도 했기에 자주 등장하는 컷이다. 검은 실루엣의 사람이 황금색 의자에 앉아 있는 장면은 시청자들의 궁금증을 유발해 한층 재미를 올리기도 했다.

"봤지. 그래서 그게 뭐 어쨌다고?"

"그거 후래."

"후래? 후래가 뭐야?"

"가수 후! 네가 녹화 뜬 후! 네가 쥐 잡듯이 잡은 후!"

"뭐? 에이, 잘못 알았겠지. 걔 어리바리에다가 싸가지도 없는데 무슨… 게다가 아직 일 년도 안 된 신인이야. 무슨 신인을 음악의 신처럼 만들어놔? 아닐 거야."

"에휴, 너 숲 엔터로 간 광영이 알지? 어제 진한 선배가 직접 들었다더라. 그래서 아까 우리만 미리 알고 있으라고 말해줬어. 다른 방송국 귀에 들어가기 전에 미리미리 뽑아두라고."

구 PD는 진짜인가 싶어 동기를 쳐다봤지만, 동기에게서 돌아오는 것은 한숨뿐이었다. 그때 함께 있던 후배가 입을 열었다.

"선배, 후 이번 주에 음원 나온다고 그랬다면서요?"

"어, 그랬던 거 같은데, 왜?"

"이상하네. 그럼 왜 오늘 페이스 미팅 때 명단이 없었지?"

"응?"

"아, 제가 하는 뮤직캠프요? 오늘 페이스 미팅 하는데 이번 주 컴백이면 얼굴 보여야 하잖아요. 그런데 안 보여서요. 활동은 아예 안 하려고 그러나?"

구 PD는 윤후의 모습을 떠올리고는 얼굴을 찡그렸다.

"걔 잘나가냐?"

"이거 봐. 건드렸네. 국장님이 한 번만 더 그러면 잘라 버린다고 했잖아요."

"안 건드렸다니까. 그냥 방송이 어떤 건지 가르쳐 준 거야."

"딱 봐도 조만간 국장님 방문하시겠네. 어휴!"

후배 PD는 고개를 젓곤 구 PD가 보고 있는 휴대전화를 만지며 말했다.

"여기 1등부터 5등 어스죠? 그 밑에 보이세요? 10등 안에 세 곡 있어요. 다른 가수들은 US한테 잡아먹히는데도 애 혼자만 살아 있어요."

"뭐, 그래 봤자 신인이지."

"선배, 이거 석 달 동안 롱런하고 있어요. 그게 끝이 아니에요. 이 자식이 물건인 이유가 또 있죠. 여기 12위, 같은 회사 OTT 애들 곡도 후가 참여했고, 좀 밑에 여기도 있네. 이것도 꽤 오래된 노래잖아요? '비탈길' 이것도 후 참여. 거기다 종편에서 한 것도 아직도 50위 안에 있어요."

구 PD는 여러 가지 생각이 머릿속에 얽히는 듯 표정이 시시각각 변했다.

"제가 음방 해서 그쪽 얘기를 자주 들어서 아는데 지금 얘랑 작업하고 싶다고 줄 선 가수가 한 트럭이래요. 숲 엔터 소속인 마몽드의 루아 있죠? 걔도 러브 콜 보내고 있을 정도라니까 말 다했죠, 뭐. 'US' 빵 터지고 시크릿맨 누군지 밝혀지고 난 뒤를 생각해 봐요. 출연진 명단에 후 있다고 그러면 서로 나오고 싶어서 안달 날 걸요. 생각만 해도 벌벌 떨리지 않아요? 게스트가 전부 빅 스타야! 이야!"

"후······."

구 PD는 그제야 녹화 때 저지른 일이 잘못됐다는 생각이 들었다. 비록 생각한 것보다 심하긴 했지만 방송을 위해서 한 일이라 위안을 삼았는데 후배의 말을 들어보니 오히려 방송을 죽여 버릴 수도 있을 것 같았다. 그렇다고 경력도 있는 자신이 먼저 연락하기에는 자존심이 허락하지 않았다.

*   *   *

신문사 휴게실에서 휴대폰을 보고 있는 이주희는 기가 찬 내용에 얼굴을 찡그렸다. 독점을 하고 있는 정보도 있었지만, 기자들 간 공유되는 정보도 많다. 그래서 기자인 이주희는 지라시처럼 도는 내용을 쉽게 확인할 수 있었다.

"뭐 보냐?"

"선배, 이거 지라시 정말이에요?"

"모르지. 니가 라온 담당인데 잘 알 거 아니야. 정말 싸가지가 그렇게 없어?"

"무슨 말도 안 되는 소리!"

"KBC 구 PD한테 촬영 중에 대들었다는데? 그 지랄 맞은 구 PD한테 대들 정도면… 어휴! 현장 매니저들 통해서 나온 소리란다. 예능에 안 나오는 이유가 소속사에서도 감당이 안 될 정도로 애가 건방져서 그렇다더구만."

"아니거든요? 얼마나 예의 바른데!"

"왜 나한테 화를 내고 그러냐? 카더라 통신이잖아. 뭐 그렇게 예민하게 그래?"

휴게실을 나온 이주희는 콧김이 나올 정도로 씩씩거리며 자리에 앉았다. 그러고는 급하게 휴대폰을 꺼내 들고 김 대표에게 전화를 걸었다.

─이 기자님, 어떻게 딱 맞춰 전화를… 하하!

"네?"

─우리 윤후, 앨범 샘플 나왔거든요. 그래서 하나 보내 드

리려고 하는데 어떻게 직접 받으러 오실래요, 아니면 택배로 보내 드릴까요?

"받으러 갈게요! 지금 가요! 일단 가서 얘기해요!"

이주희는 언제 화가 났는지 잊을 정도로 환하게 미소를 짓고 회사를 나섰다.

＊　　　　＊　　　　＊

라온 엔터의 1층 사무실에는 모든 직원이 모여 있었고, 모두의 손에는 타월이 들려 있었다. 전체적으로 하얀색 바탕인 타월의 가운데에는 연두색으로 커다랗게 '후'라고 적혀 있고 양쪽 끝에도 역시 연두색으로 물음표가 그려져 있었다. 크기도 그렇게 길지 않아서 응원용으로 쓰기에 적당해 보였다.

타월을 들고 이리저리 살펴본 김 대표는 만족했는지 고개를 끄덕거렸다.

"샘플 몇 장 도착했어?"

"백 장이요. 앨범 패키지 박스도 도착했어요. 타월이랑 앨범이랑 사진첩 넣으면 딱 맞겠더라고요. 잘 나왔어요."

나뭇잎이 가득해 보이는 패키지 케이스를 들고 이리저리 살펴보던 김 대표는 만족한 웃음을 지었다. 얼마 만에 이렇게 앨범을 제작해서 샘플을 받아보는지 감회가 새로웠다. 게다가 윤후의 부탁이기는 하지만 유명 아이돌이나 한다는 굿즈까지 제작했다. 비록 팔지도 못하는 미니 앨범에 포함되는 타월이기는 하지만.

"이따가 팬클럽 운영자 오기로 했거든. 발매 일정하고 오늘 밤에 티저 영상 올라간다고 알려주고, 그리고 진주 씨한테는 맡기지 마라. 집에 다 가져간다."

"하하하! 네!"

김 대표는 신입 사원이면서 덥덥이로 활동 중인 김진주를 언급하며 분위기를 가볍게 만들곤 다시 박수를 쳐서 시선을 집중시켰다.

"그리고 결정대로 따라줘서 고맙다. 이상! 수고들 해!"

직원들은 김 대표가 사무실에서 사라지는 모습을 확인하고서야 걱정을 쏟아냈다.

"우리가 본보기 되는 거 아닌가 몰라. 케이블만 팔 수도 없고 말이야."

"KBC에만 안 나간다고 해도 밉보이기 시작하면 다른 방송도 못 딸 텐데……."

"팀장님, 오전에 페이스 미팅 정말 안 가실 거예요? OTT 음방 잡아야 하는데……."

다른 직원들과는 달리 처음부터 김 대표와 회사를 시작한 이종락은 직원들의 걱정이 기우라는 듯 웃으며 말했다.

"뭔 걱정이 그렇게들 많아? 다들 찬성해 놓고서. KBC에서 신경이나 쓸 거 같아?"

"걱정되니까 그렇죠."

그때, 휴대폰이 아닌 회사의 전화가 울리며 일과가 시작됨을 알렸다.

"네, 라온 엔터테인먼트입니다."

이종락이 다들 업무를 보라고 손을 들어 올리려 하는데, 전화를 받은 신입 김진주가 하는 말이 신경이 쓰였다.

"아니요. 활동은 할 건데요. 네, 대표님이 직접 그러셨으니까 맞을 겁니다."

이종락은 전화를 내려놓는 김진주를 보며 눈동자로 전화를 가리켰다.

"누구?"

"KBC 뮤직캠프라는데요?"

이종락은 자신이 잘못 들었나 싶어 귀를 후비면서 고개를 갸우뚱거렸다. 그러고는 다시 김진주를 보며 물었다.

"조연출이 전화했어? 왜 했는데?"

"강 PD라고 하던데요."

"메인 PD? 강 PD? 아니, 메인 피디가 뭐 하려고 전화를 해? 아니지. 그래서 무슨 얘기를 한 거야?"

"이번 주 우리 후 님 컴백 아니냐고 그래서 맞다고 했어요.

그런데 왜 오늘 페이스 미팅에 안 나왔냐고, 시간이 안 됐느냐고 그러더라고요."

"그걸 확인하러 전화했다고? 그리고 또 뭐라고 그랬어?"

"일 때문에 못 온 거면 출연 리스트에 넣어줄까 하고 묻더라고요."

이종락을 비롯해 경력이 있는 모든 직원들은 김진주의 입에서 나오는 말을 믿을 수 없었다. 어떤 음악 방송 PD가 출연리스트에 이름을 올려주느냐는 전화를 한단 말인가. 매주 월요일 아침마다 수많은 기획사 사이에 끼어 앉아 페이스 미팅을 하던 이종락은 지금의 얘기가 믿기 어려웠다.

"그래서? 우리 앞으로 KBC에 출연 안 한다고 그런 거야?"

"네, 아까 대표님이 그러셨잖아요."

대형 기획사들조차도 이런 전화는 받아보지 못했을 것이다. 그렇다고 윤후는 PD가 직접 전화를 할 만큼 슈퍼스타도 아니었다. 아무리 생각해도 이유를 모르겠어서 직원들을 쳐다보니 자신과 마찬가지인지 서로를 보며 놀라고 있었다. 이종락은 일단 지금의 일을 김 대표에게 전해야겠다는 생각에 사무실을 나섰다.

*   *   *

김 대표는 옥상 정자에 드러누워 '후'라는 글씨가 적힌 타월을 얼굴에 덮고 있었다. 잘하고 있는 것인지 여러 가지 생각에 머리가 복잡했다. 그때, 누군가가 타월을 들어 올렸다.

"대표님, 이게 우리 후 님 굿즈 타월이에요?"

"하하, 오셨습니까. 들어가실래요?"

"날도 좋은데 그냥 여기 있어요. 앨범은요?"

오자마자 타월을 펼쳐보고서 샘플로 나온 앨범을 찾는 이주희의 모습에 김 대표는 피식 웃었다. 극성맞아도 너무 극성맞았다. 이런 팬이 있으니 윤후도 있는 것이지만.

"대표님! 어? 이 기자님은 언제 오셨어요?"

"지금 막 왔어. 왜 그렇게 급하게 뛰어와? 무슨 일 있어?"

"후아! 형, 조금 전에 강 PD가 전화했어."

"이 자식은. 형이랬다가 대표님이랬다가. 한 가지만 해. 강 PD가 누군데?"

"그 있잖아, 키 크고 덩치 산만 한 뮤직캠프 메인 피디."

"KBC? 거기서 왜? 우리 안 나간다니까 겁이라도 난대?"

이주희는 두 사람의 대화를 듣고 있다가 자신을 쳐다보며 말을 잇지 못하는 이종락과 눈이 마주쳤다. 어색하게 웃는 얼굴로 계속 대화하라고 손을 들어 올렸지만 이종락은 쉽게 입을 열지 않았다.

"괜찮아. 어차피 알게 될 건데. 기사 쓰지 마요. 이 기자님,

약속할 수 있죠?"

자신 없는지 힘들게 고개를 끄덕이는 이주희의 모습을 보고서야 이종락이 입을 열었다. 출연에 대한 얘기와 KBC 출연을 회사 전체가 보이콧한다는 말까지. 그 대화를 듣던 이주희는 회사에서 본 지라시를 떠올리고는 대화에 끼어들었다.

"정말 후 님이 구 PD랑 싸웠어요?"

"어라? 그 얘기는 어디서 들었어요? 기사 떴어요?"

"아니요, 아니요. 지라시 돌고 있어서요. 정말 싸웠어요? 이유가 뭔데요?"

"싸우긴요. 그냥 일방적으로 욕먹은 거죠. 우정 출연 한 건데 애한테 할 말, 못 할 말 가리지 않고 해댔더라고요."

김 대표는 펜을 들어 올리는 이주희의 모습에 펜을 가리키며 손을 저었다.

"이건 전부 오프 더 레코드니까 녹음하지 마요. 팬카페에도 올리면 안 됩니다. 난리 나요. 그 덥덥이들 때문에 안 그래도 정신 사나우니까."

김 대표는 아쉬운 얼굴로 펜 모양의 녹음기를 집어넣는 이주희를 보며 실소를 지었다.

"그래도 누가 기자 아니랄까 봐 정보통은 엄청 빠르네요."

"그냥 말도 안 되는 얘기가 돌아서 겸사겸사 확인하러 온 거죠."

윤후의 걱정이 우선이던 이주희는 김 대표를 보며 말을 이었다.

"그런데 정말 KBC 출연 안 하실 거예요?"

"그렇죠. 나갔으면 좋겠어요?"

"아니요."

약간은 아쉬운지 입맛을 다시는 이주희가 나지막이 혼잣말을 뱉었다.

"저번처럼 마크 그레이스가 한 번 더 오면 취재하겠다고 난리 날 텐데. 그때 KBC만 쏙 빼면 웃기겠네요."

"오!"

이종락은 갑작스럽게 감탄사를 내뱉으며 눈가가 자글자글해지도록 웃고 있는 김 대표를 쳐다봤다. 꽤 오랫동안 함께했지만 여전히 무슨 꿍꿍이인지 감이 안 왔다. 그때, 김 대표가 이주희의 펜을 가리켰다.

"이 기자님, 그 펜 녹음기 잠깐만 빌립시다. 넌 나 좀 따라오고."

＊　　　　＊　　　　＊

이주희는 단체 톡방에 올라온 지라시를 보곤 어이가 없으면서도 한편으로는 웃기기도 했다. 김 대표의 부탁대로 인터넷도 아닌 인트라넷을 이용해 회사 기자들에게 공유한 지 하루도 지나지 않은 내용이 지라시가 돼서 자신에게 되돌아왔고, 내용이 점점 변질되어 마크 그레이스가 촬영을 목적으로 한국을 방문한다는 내용으로 변해 버렸다.

"참나, 세상에 믿을 놈 하나도 없다더니."

처음 김 대표가 돌려준 녹음기를 들었을 때는 무슨 장난하는 줄 알았다. 지라시에 대해 잘 알고 있는 듯, 김 대표 역시도 인터넷이 아닌 회사 내부의 인트라넷을 이용해 달라고 하며 되면 좋고 안 되도 그만이라는 식이었다. 녹음 내용을 인트라넷에 올리고 다른 취재부 기자들에게 사실 확인을 체크하길 기다렸을 뿐이다. 지라시로 돌 것이라고는 생각했는데 설마 하루도 안 돼서 지라시로 돌아올 줄은 예상하지 못했다.

게다가 김 대표가 건네준 녹음기에는 마크 그레이스란 말이 전혀 없다. 단지 지라시가 퍼져 나갈 때마다 살이 붙고 또 붙었다.

"야, 이주희. 너 이거 봤어?"

"뭐요?"

"마크 그레이스 한국 온다고! 이거 이번에도 우리가 취재 안 되냐?"

"왜요. 지라시잖아요. 어제 선배가 그랬잖아요. 카더라 통신인데 왜 그렇게 신경 써요?"

이주희는 히죽 웃으며 어제 선배 기자가 한 말을 그대로 뱉었다.

*   *   *

편집을 담당하는 PD와 함께 편집실에 자리한 구 PD는 몇 가닥 없는 머리를 쓸어 올렸다. 그러고는 윤후가 나오는 부분에 체크까지 되어 있는 분할된 화면을 보며 얼굴을 찡그렸다.

"…정말일까?"

"그러게 왜 또 그러셨어요."

"잘 뽑고 싶어서 그랬지. 그런데 이런 놈이 뭐라고 세계적인 명감독이 한국에 몰래 와?"

"친하다잖아요. 전에도 몰래 후 만나다가 들켜서 억지로 인터뷰하고 그랬잖아요."

"에이, 짜증 나네!"

방송은 특집답게 많은 게스트의 출연 덕으로 쓸 장면이 많았지만, 동료에게서 들은 말 때문인지 신경이 쓰였다.

"어떻게 해요? 조금 있다가 넘겨줘야 해요."

"노래하는 부분 말고 몇 컷 정도 넣었냐?"

"처음에 등장해서 노래하는 데까지만 쓸 만하고 뒤는 쓰기 어려워요."

"아니, 이 새끼는 왜 이렇게 다리를 떨어? 풀 샷은 쓸 게 하나도 없어. 이 새끼 이거 나한테 혼나고 일부러 떠는 거 아니야?"

"에이, 설마요. 긴장해서 그랬겠죠. 아무리 막가도 화면에 잡혀야 먹고살 텐데."

"이것 봐. 이 새끼 고개 숙이고 손 꼼지락거리고. 이걸 그냥 내보내 버려?"

편집 PD는 구 PD가 부리는 성질에 익숙한 듯 화면에 얼굴을 고정시킨 채 입을 열었다.

"그러지 마요. 방송 잘해서 관계 좀 풀어보겠다고 한 지 한 시간도 안 지났는데……."

"열받잖아. 야, 그냥 시청자들한테 욕 좀 먹게 죄다 올려. 자막도 방송에 집중하지 못하는 것처럼 해서 올리고."

편집 PD가 어이없다는 듯이 구 PD를 쳐다볼 때 편집실 문이 열렸다.

"국장님, 여긴 어쩐 일로……."

"넌 나가 있어."

냉기가 풀풀 날리는 연예부 국장의 기운에 편집 PD가 슬금슬금 편집실을 나갔다. 좁은 편집실에 둘만 남게 되자 구 PD는 조심스럽게 국장의 얼굴을 쳐다봤다.

"앉아."

"네, 방송은 잘 나왔는데 어떻게 여기까지……."

"시끄럽고, 너 얘기 들었지? 마크 그레이스 한국 온다고."

"네, 그런데 확실치도 않은 지라시 내용이라서……."

"그래? 교양정보국에서 마크 그레이스 에이전시에 직접 확인했더라. 개인적인 일정은 알려줄 수 없다는데 뭐 같아?"

국장은 주머니를 뒤적이더니 휴대폰을 꺼내 구 PD에게 건넸다.

"내가 아까 핫 토픽 편집장한테 받은 건데 들어봐."

구 PD는 국장이 건넨 휴대폰에서 나오는 소리에 집중했다. 화장실이나 목욕탕처럼 울리는 소리였지만, 마치 마이크에 입을 대고 말한 듯 대화가 선명하게 들렸다.

─그분은 왜 또 온대요?

─내가 그분 속을 어떻게 알아? 또 윤후 보러 오시는 거겠지.

─이번에도 몰래 오시겠죠?

─그러시겠지. 아무래도 사람들 몰리는 걸 싫어하시니까.

─하하, 맞다. 그랬죠. 그럼 저희는 뭐 준비해야 돼요?

─에이, 바쁜 분이라 안 오실 수도 있으니까 확실해지면 알아봐야지. 우리가 설레발치면 안 돼. 아 참, 그리고 KBC는 절대로 아무 방송도 잡지 말고.

후의 소속사 관계자로 보이는 대화에 구 PD는 온몸이 식은 땀으로 젖어버렸다. 그는 조심스럽게 국장의 얼굴을 올려다봤다. 금연 구역임에도 불구하고 담배를 꺼내 무는 국장의 모습에 침을 삼켰다.

"구 PD, 너 몇 년 차지?"

"9년 차입니다."

"그래, 9년 차. 우리랑 방송 안 한다는 거 너 때문일 거라던데, 맞아?"

구 PD는 이미 국장의 귀에까지 들어갔음을 직감하고 아무런 말도 못 한 채 고개를 숙였다. 그 모습을 본 국장은 담배에 불을 붙이지도 않고 필터를 잘근잘근 씹으며 나지막한 목소리로 말했다.

"9년이나 됐는데 왜 사람이 말을 하는데 못 알아먹어? 내가 전에 너한테 뭐라고 그랬지?"

국장은 아무런 말도 하지 못하고 있는 구 PD의 모습에 혀를 차고는 마저 말을 이었다.

"예전이랑 다르다고 그랬지? 언젠가는 네가 한 그대로 돌아온다고. 옛날이야 우리가 갑이니까 상관없었지. 만약에 네가 후랑 친해서 마크 그레이스 다큐 같은 거라도 잡아왔어 봐. 그럼 출연료 빼고도 광고 수익이 얼마나 될 거 같아? 그리고 너, CP 안 달 거야?"

"…죄송합니다."

"어떻게 해서든 돌려놔. 찾아가서 무릎을 꿇든지, 선물 공세를 하든지, 너 좋아하는 접대를 하든지 어떻게든 끼어들 여지라도 남겨두라고. 알겠어?"

"네."

국장이 그 말을 끝으로 필터가 으깨진 담배를 바닥에 던지고 나가자, 밖에서 대기하고 있던 편집 PD가 조용히 들어왔다. 구 PD는 편집 PD가 하는 위로에도 지금 이 상황을 어떻게 해결해야 하는지 머릿속이 복잡해서 아무런 말도 들리지 않았다. 단지 방송을 좀 더 좋게 뽑기 위해 한 행동이 어쩌다가 일을 이렇게까지 만들었는지 후회가 되기 시작했다.

*　　　　　*　　　　　*

방송 당일.

윤후의 집 거실 바닥에 앉아 있던 대식은 손에 들고 있는 커다란 칼을 내려놓았다. 그러고는 주방 쪽을 한번 살펴보고는 옆에 앉아 TV만 보고 있는 윤후를 향해 발을 죽 내뻗었다.

"내가 데리고 온 거 아니여! 대표님이 좀 말혀봐요!"

윤후의 옆에 있던 김 대표는 대식이 쪼개놓은 수박을 들고 입으로 가져갈 뿐 다른 대답을 하지 않았다. 그때, 주방에서 정훈과 함께 나오는 회사의 신입 사원이 보였다.

"아버님, 제가 들고 갈게요. 앉아 계세요."

"하하, 괜찮아요. 손님인데 앉아 계시죠. 오윤후, 와서 음식 좀 날라."

"아니에요, 아버님. 제가 나를게요."

붉어진 볼로 마치 새색시처럼 행동하는 김진주의 모습에 대식은 몸서리를 쳤다.

"나 정말 아니여. 대표님이 데리고 온 거여."

"좀 봐줘. 진주 요새 집에도 못 가고 얼마나 힘들었는데. 쟤 얼굴 좀 봐. 오늘도 방송 모니터하고 음원 사이트 체크한다고 집에 안 가길래 억지로 데리고 왔어."

상에 음식이 차려지고 자리에 앉자 정훈이 소주병 뚜껑을 돌리며 말했다.

"아들, 아들이 대표님부터 한 잔 따라드려. 고생하셨으니까."

"아이고, 괜찮습니다. 직접 따라 마셔도 됩니다."

"아닙니다. 수고하셨는데 앞으로도 저희 윤후 잘 부탁드립니다."

윤후는 차례차례 김 대표와 대식의 잔에 술을 채우며 피식 웃었다. 정훈과 자신만의 공간에 손님으로 누가 온 기억이 없는지라 방문한 세 사람이 어색하기는 했지만 나쁘지는 않았다. 급하게 하게 된 컴백이기는 하지만 첫 방송을 챙겨주러 온 세 사람이 고맙게 느껴졌다.

이 사람들과 함께하면서 변해가는 자신의 모습에 스스로 놀랍기도 했다. 아직까지는 제대로 표현하지 못하지만, 대화를 하면서 웃기도 하고 자신 때문에 누군가에게 고개 숙이는 모습을 보기 싫어 나서보기도 했다. 그런 생각에 미소 지을 때, 자신을 보고 있던 김 대표와 눈이 마주쳤다.

"이제 좀 사람 같아 보이네. 하하!"

윤후는 김 대표의 웃음에 머쓱한지 말을 돌렸다.

"어차피 조금밖에 안 나올 텐데 뭐 하러 오셨어요."

"조금 나올지 많이 나올지 직접 봐야지. 안 그래?"

회사의 일을 듣지 못한 윤후였기에 구 PD와의 일이 떠올라 쓸쓸하게 웃었다. 그 모습에 김 대표가 피식 웃으며 입을 열었다.

"이제 하겠네. 대식아, 야구 그만 보고! 이 자식이!"

"나 아니여유. 아버님이 틀어논 건디 왜 나헌티 그려유."

어색하게 웃으며 채널을 돌리는 정훈의 모습에 김 대표 역시 어색하게 입을 열었다.

"하하! 저도 야구 좋아합니다. 아버님은 어디 팬이세요?"

"대표님, 이제 시작하는데 좀 조용히 해주세요. 우리 후 오빠 나오잖아요."

"야, 오빠 같은 소리 하네! 너 스물여덟 살이잖아!"

회사에서는 말도 잘 못 붙이는 김진주가 뱉은 말에 타격을 받았는지 김 대표는 발끈하고는 TV로 시선을 돌렸다. 마침 '두근거리는 밤'의 로고가 보이며 예고가 나오고 있었다. 윤후는 화면을 보다가 고개를 갸우뚱거렸다. 아직 더 봐야 하겠지만, 방송 시작할 때 잠깐 나오는 예고 영상에서 얼굴이 모자이크된 자신을 발견했다.

"충격 영상이란다. 하하하! 애 좀 탔나 보네."

"흠."

신이 난 얼굴로 웃고 있는 김 대표의 모습에서 자신이 모르는 무언가가 있음을 느꼈다. 저 음흉한 웃음이 자신을 향해 보내는 것이 아니기에 불안하지는 않았지만 궁금하기는 했다. 그리고 한참을 이어진 오프닝 뒤 박재진이 윤후에게 전화를 거는 장면이 나왔다.

"아니, 저건 편집을 해야지 이상한 통화 내용을 왜 다 내보내? 구 PD는 정말 하나같이 마음에 안 드네."

다음에 무슨 내용이 나올지 알 것 같은 김 대표는 미리 설레발을 쳤지만, TV에 나오는 박재진의 입에서는 김 대표의 이름이 나왔다.

―기상이가 그랬거든요. 노래 들려준다고 그러면 자다가도 올 거라고. 하하! 그런데 정말 맞았네요.

"아유, 주책아. 방송에서 그런 말을 뭐 하러 해. 흠흠."

김 대표가 말하지 않아도 알고 있는 일이기에 고개를 저었다. 윤후는 그것보다도 TV에 계속 언급되는 자신의 모습에 의아해했다. 그때 구 PD의 모습으로는 노래 부르는 장면만 나와도 다행이라고 생각했는데 방송은 이상하게 자신 위주처럼 보였다. 그리고 화면에 윤후가 커피숍 안으로 들어오는 장면이 나왔고, TV를 보던 윤후는 미간을 찡그렸다.

"아들, 아들더러 차세대 톱스타라는데? 근데 뭘 예약했다는 거야? 아빠도 모르게 뭐 예약했어? 아빠도 같이 데려가."

출연진에게 인사하는 자신의 모습 밑에 듣도 보도 못한 말이 적힌 자막을 보며 얼굴을 찡그렸다. 그때 화면이 바뀌며 그동안 자신이 출연한 음악 방송의 모습이 화면에 나왔다.

"하하, 독보적인 음색과 감각과 감성이 어우러진 음악으로 각종 음원 사이트를 점령하고 있는 가요계의 나폴레옹!"

"나폴레옹은 쪼맨하잖아유. 쟤는 180이 넘는디."

"비유잖아, 비유! 어유, 무식아!"

지금 자신을 놀리고 있는 건가 하는 생각이 들 정도로 극찬이 계속되었다. 함께 자리하는 정훈조차 놀랐는지 처음의

놀려대는 모습은 볼 수 없었다. 노래 제목을 맞히는 장면에서는 윤후보다 게스트들의 놀라는 얼굴을 클로즈업해 가며 시청자들도 몰입할 수 있게 만들었다. 그리고 이어진 인터뷰에서 윤후의 근황이 나오며 자연스럽게 사진으로 넘어갔다. 정훈은 사진이라는 말에 윤후의 귀에 대고 조그맣게 속삭였다.

"제임스한테 고맙다고 해야겠네."

윤후는 피식 웃으며 화면을 계속 봤다. 자신의 특집도 아니고 프로그램의 300회 특집임에도 불구하고 방송은 자신만 돋보이고 있었다. 촬영장에서 보지 못한 장면도 속속들이 보이는 통에 의아함은 더욱 커져갔다.

—요즘은 카메라가 워낙 잘 나와서 일반인이 찍은 사진을 보고도 놀랄 때가 있지만, 이건 일반인이 찍은 게 아닌 거 같네요. 지금 보시면 나무와 사람이라는 피사체가 사진 전체를 이끌어가고 있죠. 그 때문에 사진 자체가 굉장한 힘이 느껴지면서 배경을 날림으로 처리한 게 보는 사람에게 호기심을 건네주고 있죠. 조명이 아닌 자연광으로 이렇게 찍으려면 꽤 오랜 시간 동안 기다려야 했을 겁니다. 참 좋은 사진이네요. 색의 조화나 구도도 적절하고요. 하지만 기법이 꽤 오래되어 보이는군요. 그래도 굉장히 좋은 사진입니다. 아마도 오랜 휴식기를 갖다가 다시 활동하시는 작가분이라는 생각이 듭니다.

방송에는 전문가가 사진을 평가하는 모습까지 담겨 있었다. 오히려 전문가의 말에 놀란 건 회사 식구들이었다.

"저게 저 정도라고? 저 사진 오래 찍었어?"

"아니유. 그럴 리가유. 가서 후딱 찍고 왔는디. 저 양반, 야매 아니여?"

정훈 역시 놀라면서 윤후가 대견한지 팔꿈치로 윤후를 건드렸다.

"대단하네. 앞으로 공방 사진은 아들한테 부탁해야겠네."

피식 웃은 윤후는 다시 화면으로 고개를 돌렸다. 이제 노래 부르는 장면만 나오면 더 이상 없을 거란 생각이다. 그리고 화면에는 특집 공연이라는 말과 함께 윤후가 기타를 드는 장면이 나왔다. 하지만 짧은 자막과 함께 윤후가 노래를 부르는 모습은 건너뛰고 화면이 넘어갔다.

"이야, 끝날 때 엔딩곡으로 내보낸단다. 구 PD 일 잘하는데? 하하하!"

"아까는 아니라면서유."

끝날 때 다시 나오는 것을 다행이라 생각할 때, 더 이상 화면에 잡히지 않을 것 같던 자신이 계속 보였다. 구 PD에게 생긴 반발심으로 화면을 못 쓰게 만들려는 생각에 촬영 내내 다리를 떨었는데 다리를 떠는 장면이 화면에 잡혔다. 다른 게스트가 잠깐 노래 부르는 장면에서 윤후의 모습이 잡히며 다리가 클로즈업되었다. 그 모습을 보던 윤후는 함께 올라온 자막을 보고 웃을 수밖에 없었다.

박자를 맞춰주는 친절한 후. 럽 후!

반발심에 다리를 떨던 것이 박자를 맞추는 것으로 변해 버렸다. 게다가 편집된 화면에는 노래를 부르는 함오진이 미소를 짓고 있고, 윤후는 그에 응답하는 듯 고개를 끄덕이는 모습이 교묘하게 편집되었다. 아무것도 안 한 사람을 호감 가게 만들 수도 있는 방송의 편집에 새삼 놀라웠다. 문득 지금 방송을 보고 있는 사람들은 어떻게 생각할지 궁금했다.

화면에는 다른 사람들이 나오기 시작했고, 끝날 무렵이 되자 다음 주에 찾아뵙겠다는 MC의 말이 나왔다. 동시에 윤후의 신곡인 '스마일'이 나오기 시작했다. 윤후의 버릇인 개방현으로 기타를 죽 튕기는 장면까지 화면에 나오고 윤후의 모습이 풀 샷으로 잡혔다. 예능이라면 다른 게스트나 MC의 리액션이 잡혀야 했건만, 카메라는 오로지 윤후의 모습만 비췄다. 심지어 예능 프로의 꽃이라고 불리는 자막까지 없었다. 그 때문인지 이미 노래를 들어본 회사 식구들마저도 TV에 빠져들었다.

코러스가 끝나고 반주가 나올 무렵 처음으로 화면이 돌아가며 노래에 빠져 있는 출연자들의 얼굴이 비춰졌다. 어떤 사람은 멍한 얼굴로 쳐다보고 있고, 또 어떤 사람은 눈을 감고 음악에 흠뻑 취해 있는 모습이다.

"재진이 형 눈빛 봐라. 하하! 갖고 싶어서 안달 났네, 안달 났어."

김 대표의 말대로 박재진은 탐나는 눈빛으로 윤후를 쳐다보고 있었고, 제작진 여성 스태프들 역시 비슷한 눈빛을 보내고 있었다. 그리고 윤후와 함께 있는 회사 식구들은 충분히 만족스러운 영상에 주먹을 불끈 쥐었다. 그렇게 윤후의 노래가 끝날 무렵, 자막을 본 식구들은 서로의 얼굴을 보며 미소를 지었다.

100% 라이브. 메가톤급 감동.

＊   ＊   ＊

칫솔을 입에 물고 샘플로 온 윤후의 타월까지 목에 두른 이종락은 방송이 끝나는 것을 확인하곤 소파에서 일어섰다. 이제부터가 시작이라는 생각에 서둘러 양치를 하고 슬리퍼를 끌며 1층 사무실로 향했다. 그런데 사무실이 환하게 켜져 있었다. 불을 안 끄고 퇴근했다는 생각에 고개를 저으며 문을 열자, 컴퓨터 앞에 앉아 있는 두식이 보였다.

"왜 이렇게 늦게 내려오셔유."

"두식이 넌 왜 안 갔어? 내일 스케줄 없어?"

"없어유. KBC 음방이라서유."

"그래? 그럼 집에서 쉬지. 피곤할 텐데."

두식과 대화를 나누며 해야 할 일이 있었기에 자리마다 있는 컴퓨터를 켜려고 했다.

"제가 다 했어유."

이종락은 모니터를 보며 피식 웃었다. 컴퓨터마다 음원 사이트에 접속해 있고 모두 윤후의 '스마일'이 반복 재생되고 있었다. 회사 소속 가수들의 음원이 발매될 때마다 순위를 조금이라도 올려보겠다고 하던 일이다. 자연스럽게 컴퓨터를 확인하곤 자리에 앉았다.

"팀장님, 보도 자료 월매나 뿌리셨어유?"

"왜? 아까 낮에 한 번 돌리고 방송 시작하기 전에 또 한 번 돌렸는데."

"꽤 성공했는디유?"

"기사 많이 떴어?"

방송이 나간 뒤 얼마나 많은 기사가 올라오는지는 회사의 능력에 따라 달랐다. 능력이 좋은 회사는 비슷한 기사이기는 하지만 수십 개의 기사로 도배되어 있는 반면, 그렇지 못한 회사는 불과 몇 개만 있을 때도 있었다. 기사를 얼마나 내는 것이 기획사의 능력이기도 했기에 이종락은 유독 신경을 많이 썼다.

"쬥일 올라오는 기사까지 합치믄 60개 정도 되는디유?"

"하하하! 좋네! 내일 엄청 바쁘겠다."

이종락은 미소를 지은 채 기사를 확인했다. 두식의 말대로 포털 사이트에 후라는 글만 검색했을 뿐인데 오늘 날짜로 나온 기사가 엄청났다. 이렇게까지 하지 않아도 성공이 확실시된다고 생각하는 곡이었지만 조금이라도 빠르게 대중들에게 어필하고 싶었다. 회사 소속이 아니라 팬으로서 다른 사람에게 추천해 주고 싶은 마음이었다. 그때, 기사 제목에 윤후의 이름은 없지만 내용에 윤후가 들어 있는지 이상한 제목의 기사가 눈에 들어왔다.

〈도를 넘은 띄워주기. 예능 프로 이대로 괜찮은가?〉

견제를 하는 기사보다 좋은 기사들이 많았지만, 그런 기사에 눈살이 찌푸려지는 것은 어쩔 수 없었다. 기사를 타고 들어가니 예상한 대로 특집이라는 프로그램에서 한 명을 부각시킨다는 내용이었고 별다른 내용은 없었다. 대응할 가치도 없는 기사였다. 무엇보다 이 기사를 쓴 기자 역시 곤욕을 치르고 있었다.

　—똥글 지림. 방송 보기는 했음?
　—시청률 대박 각인데 개소리 사절요.
　—여러분, 여기 기레기라는 동물이 있습니다. 이 동물은 말이죠.

　회사를 대신해 늦은 시간임에도 불구하고 열심히 일하는 덥덥이들이었다. 시시콜콜 참견하려고 하는 극성맞은 덥덥이들이 같은 적을 두니 그 무엇보다 든든했다. 댓글들을 보며 웃고 있던 이종락은 시간을 확인하곤 두식에게 말했다.
　"한 시가 다 돼가네. 지금 14등인데 꽤 오르겠지? 하하!"
　"방송도 나왔는디 많이 듣지 않겠어유?"
　"그럼 좋고. 하하!"
　자정에 음원이 발매되면 대형 팬클럽들이 동시다발적인 스트리밍 및 다운로드로 음원을 장악하곤 했다. 차트를 왜곡시킨다는 말이 많아서 공정성 확립을 위한 문화체육관광부의 권고를 받은 음원 사이트들은 자정부터 11시까지 발매되는 음원을 당일 오후 1시나 되어서야 차트에 반영되도록 시스템에 변화를 주었다. 그렇기에 윤후의 앨범도 차트 집계가 되는 오후 6시에 발매되었다.

비록 아직은 14위였지만 지금쯤이면 조금이라도 등수가 올랐을 거라 생각했다. 그리고 1시가 되자 약간은 떨리는 마음으로 마우스에 손을 올리고서 새로고침을 누르고, 기도하는 마음으로 모니터를 확인했다. 그리고 화면을 보는 이종락은 눈을 천천히 껌뻑거리기만 했다. 그 모습에 두식이 피식 웃으며 다가왔다.

"한 시간밖에 안 지났는디 그런데유. 곡 엄청 좋은디 내일이면 올라가겠쥬."

모니터를 바라보던 이종락은 두식을 쳐다보고는 고개를 끄덕였다. 그러고는 다시 새로고침을 했지만 여전히 그대로였다. 이종락은 목에 두르고 있던 타월을 가만히 보다가 풀고서 곱게 접었다. 그러고는 다시 두식을 쳐다보며 말했다.

"1등이다……."

"에이, 무슨 윤후가 TMB도 아닌디 나온 날 1등이여유. 봐유."

1위 스마일—Who
2위 break—D.Shot of US

빨라도 너무 빨랐다. 윤후의 팬들이 많다고는 하지만, 다른 아이돌 그룹이 가지고 있는 팬만큼은 아니었다. 대형 팬클럽을 형성하고 있는 아이돌 그룹이야 나오자마자 팬들의 힘으로 1위를 하는 것이 쉬웠지만, 회사에서 파악하기로는 그 정도까진 무리였다. 그렇기에 눈에 보이는 결과를 믿을 수가 없었다.

화면을 계속 고쳐서 확인했지만 1위가 확실했다. 각종 음원 사이트에 1위로 올라온 후의 신곡을 보자 기쁜 마음보다 불안한 마음이 더 커져갔다. 금방 떨어지지는 않을까 하는 불안감에 이종락은 모니터에서 눈을 떼지 못했다. 한 시간, 두 시간, 세 시간… 날이 밝아 직원들이 출근할 때까지.

*   *   *

대형 서점의 지하 1층에 위치한 레코드숍의 지점장은 레코드숍 문을 열며 뒤를 돌아봤다. 문을 열어도 당장 영업을 시작하는 것은 아니었다. 그런데도 삼삼오오 모여 줄을 형성해서 있는 모습에 고개를 갸우뚱거렸다. 그러고는 레코드숍 문을 열고 들어갔다.

"오셨습니까."

"쟤들 뭐냐? 아이돌 누구 앨범 나와?"

"특별한 아이돌은 없던데. 쟤네들 저 올 때부터 저러고 있었어요."

"리스트 줘봐. 확인 좀 해보자."

줄을 서 있는 사람들이 한꺼번에 매장 안으로 들어온다면 난리가 날 것이 뻔했다. 가끔씩 그런 경우를 겪어봤기에 미리 준비를 해야 했다. 리스트를 보며 들어온 앨범을 확인하던 지점장은 앨범 하나를 들어 올렸다. 앨범을 보던 지점장은 얼굴을 찡그렸다.

"어휴, 요즘 음원 좀 팔린다고 앨범도 잘 팔릴 줄 아나 보네. 어라? 노래 한 곡이랑 연주곡 하나야? 참나, 요새 애들이 얼마나 영악한데… 조그마한 수건 달랑 하나 넣고서 앨범이랍시고 파네. 이거 몇 장 들어왔냐?"

"백이요. 로진에서 직접 보냈어요."

"백 장이나 받았어? 아, 이 로진 개새끼들. 반품 안 받기만 해봐. 내가 찾아간다. 이거나 틀어봐. 난 나가서 뭐 사러 왔는지 물어볼게."

지점장이 매장 밖으로 나와 길게 줄을 서 있는 사람들을 쳐다봤다. 매장 안에서 들리는 노래에 줄을 서 있는 사람들이 반응을 보였다.

"아, 나왔나 보다! 노래 너무 좋지 않아?"

"어제부터 계속 듣고 있어도 들을수록 좋아! 이번에도 팬미팅 하겠지? 저번에 못 가서 완전 속상해!"

"장난 아니었대! 완전 혜자 팬미팅이었다는데. 두 시간 동안 노래도 듣고, 사인도 해주고, 선물도 줬잖아. 우리 이번엔 꼭 가자."

물어보지 않아도 충분히 알 수 있었지만, 그것보다 사람들의 반응이 내심 걱정되었다. 자신이 보기에는 후의 앨범을 사고서 사람들이 이게 뭐냐며 화를 낼 수도 있을 것 같았기 때문이다. 일단 앞쪽에서 떠들고 있는 무리에게 질문했다.

"아가씨, 후 앨범 사러 오신 거죠?"

"네! 이제 살 수 있는 거예요?"

"아직은 아니고요, 혹시… 앨범에 노래 한 곡뿐인 건 알고 계세요?"

질문을 받은 여성의 얼굴이 일그러지자, '그럼 그렇지'라고 생각했다. 하지만 생각하지 못한 대답이 나왔다.

"한 곡이 아니라 연주곡까지 두 곡이고요, 앨범 안에 사이트에서 다운받을 수 있는 쿠폰도 있고요, 따로 구하지도 못하는 타월도 있고요, 사진첩도 있어요! 음반 파시는 분이 그런 것도 모르세요?"

"아, 아, 알죠. 하하!"

점장은 그 정도로 괜찮은 구성인가 하는 생각을 하며 뒤에 서 있는 사람들을 둘러봤다. 아까보다 조금 더 늘어난 것 같은 줄에 아차 싶었다. 살며시 이동하는 척하면서 줄 서 있는 사람의 숫자를 세어보던 점장은 줄의 중간 정도를 세어보다 말고 뒤돌았다. 한 명이 한 장씩 산다는 보장이 없었기에 매장으로 급하게 들어가는 점장의 얼굴은 새하얗게 질려 있었다.

"야, 빨리 로진에 전화해서 추가 주문 바로 보내달라고 해! 지금 빨리!"

"주문 넣어도 바로 안 오죠. 일단 전화해 볼게요. 몇 장이나요?"

"백, 아니, 천 장! 아니다. 내가 전화할게!"

*　　　　*　　　　*

회사의 텅 빈 지하 연습실의 지정석에 앉아 있는 윤후는 손에 들린 앨범을 쳐다봤다. 비록 한 곡뿐인 미니 앨범이지만, 눈에 보이는 결과물을 보자 알게 모르게 뿌듯함이 생겼다. 그때, 연습실이 열리면서 예비 걸 그룹 다섯 명이 툴툴거리며 들어왔다.

"어, 오빠!"

"저기 있다! 우리의 원수! 원흉!"

자신을 보자 씩씩거리는 네 명과 그녀들을 말리는 채우리까지 다섯 명이 윤후의 앞에 섰다.

"오빠가 책임져요!"

"흠?"

"우리 오늘부터 피부 미용 받으러 가는 날인데 지금 우리 데리고 갈 사람이 없대서 못 갔어요. 친구들한테 자랑도 했는데… 우리 회사는 피부 미용도 시켜준다고."

그러고 보니 항상 옆에 있어야 하는 대식도 사무실에 잠깐 올라간다고 하고선 깜깜무소식이었다. 음원 사이트에서 1등을 하고 있어서는 아닐 거고, 무엇 때문일까 생각하고 있을 때, 채우리가 윤후의 손에 들린 앨범을 가리켰다.

"오, 아니, 후 님. 앨범 좀 봐도 될까요?"

후보다 나이가 한 살 많은 채우리이기에 오빠라고 부르고 싶었으나 멤버들에게 구박을 받은 뒤론 후 님이라 칭했다. 그런 채우리의 말에 윤후는 따로 준비해 놓은 앨범을 멤버들에게 하나씩 건네주었다.

"와! 미개봉 앨범! 우리 언니, 이거 아직 못 샀지?"

"응, 아까 사려는데 못 샀지. 후 님, 감사합니다! 정말 잘 모실게요!"

"뭘 모셔? 주인님 모시냐? 우리 언니 정말 독특하다니까."

못 샀다는 말에 윤후는 의아한 얼굴로 채우리를 쳐다봤다. 앨범을 끌어안은 채 감격한 모습에 질문을 할 생각이 들지 않았다. 그리고 어차피 사무실로 올라가야 했기에 자리에서 일어섰다.

계단을 올라 사무실로 올라간 윤후는 유리창 안으로 보이는 사무실의 분위기에 이마를 긁적였다. 하나같이 거무죽죽한 얼굴로 전화를 받거나 컴퓨터를 만지고 일어서서 화이트보드에 뭔가를 적고 있었다. 심지어 김 대표와 대식까지 자리에 붙잡혀 전화를 붙들고 있었다.

한참 동안 창밖에서 사무실을 들여다보다 혹시라도 방해가 될까 싶어 뒤돌아서는데 사무실 안에 있던 김 대표가 문을 열고 얼굴을 내밀었다.

"거기서 뭐 하나?"

"뭐 좀 물어보려고요."

"뭐? 들어와. 들어와서 얘기해. 안 그래도 너 찾으러 가려고 했으니까."

사무실로 들어가니 다크서클이 턱까지 내려온 이종락이 지하 연습실에서 본 걸 그룹의 눈빛으로 윤후를 쳐다봤다. 걸 그룹처럼 원망의 말이 아니라 억지로 웃으며 인사를 건네는 모습이다.

"좀 쉬면서 하세요."

"으… 이… 어휴, 아니다."

김 대표는 피곤에 찌든 이종락을 보며 크게 웃었다.

"하하, 너 때문에 잠도 못 잔 사람을 왜 약 올리냐?"

"죄송합니다."

"죄송하다고 하지 말라고, 인마. 이 자식 이거 아무 때나 써먹네. 너 그거 하지 마."

김 대표는 윤후를 보며 피식 웃고는 사무실 직원들을 향해 말했다.

"아까 그것 좀 가져와 봐."

김 대표는 앉아 있을 자리도 없었기에 사무실 한쪽에 서서 직원이 건넨 A4 용지를 살펴보곤 윤후에게 내밀었다.

"여기 'US' 막방은 이미 잡아놓은 거라서 해야 할 거 같아."

"네."

기획사 전쟁 덕분에 이슈도 됐고 'US' 역시 이미 하기로 한 것이기에 별다른 반감은 들지 않았다. 다만 A4 용지에 새까맣게 인쇄된 글씨가 윤후를 곤란하게 만들었다.

"이거 다 해요?"

"하하, 이걸 어떻게 다 해. 몸이 열 개라도 돼? 이 중에 하고 싶은 거 있으면 고르라고."

"음악 방송은 하나도 없네요."

"음방은 기본이라서 안 넣었고, 그건 신경 안 써도 돼. 그냥 거기 있는 것 중에 하고 싶은 거 있는지 살펴봐. 가져가서 봐."

이렇게 많은 방송이 있나 할 정도로 가득 차 있는 A4 용지를 들여다봤다. A4 용지에 동그라미가 쳐진 것은 행사였고, 네모는 지상파, 세모는 케이블 방송이었다. 한참을 구석에 서서 종이를 들여다보아도 뭐가 좋을지 몰라 김 대표에게 다가 가서 말했다.

"회사에 도움 되는 걸로 알아서 잡아주세요."

"야, 인마. 그런 거 신경 쓰지 말고 하고 싶은 거 해. 자식이 이상해졌어. 안 해도 되니까 하고 싶은 거 찾으면 말해."

윤후는 피식 웃고는 종이를 내려두고 나가려다 올라온 이 유가 떠올랐다. 김 대표에게 물으려 할 때, 새로 들어온 직원 의 입에서 궁금증을 해결해 주는 말이 들렸다.

"아, 이거 진짜 큰일 났어요! 동접 4,000명까지 가능하다고 그랬는데 또 터졌어요! 미치겠네!"

이종락은 로진의 사이트가 터졌다는 소리에 피곤이 가득한 얼굴로 고개를 들며 말했다.

"전화해서 빨리 해결하라고 해. 로진은 아직도 복구 안 됐 대? 인터샵도 터져 버리고, 도대체 일을 어떻게 하는 거야?"

"일단 공지 올릴까요? 이거 내버려 두면 난리 날 텐데… 아, 로진은 열렸다!"

"휴, 로진 차트 확인해 봐."

바나나 엔터에서 꽤 많은 경험을 쌓은 김찬우 역시도 처음 겪어보는 상황에 정신이 나간 듯했다. 이종락의 말에 따라 로 진 차트를 확인하던 김찬우가 경악한 듯 입을 쩍 벌렸다.

"왜 그러는데? 피곤하니까 빨리 말해라."

이종락의 힘이 빠진 목소리에도 김찬우는 대답도 하지 않고 컴퓨터를 만지더니 어디론가 전화를 걸었다.

"라온 김찬우인데요. 아, 아니요. 그거 때문에 전화 건 게 아니라요, 실시간 음반 판매 집계하는 거 때문에 전화드렸어요."

김찬우의 말에 직원 모두가 고개를 돌렸다.

"이거 로진 사이트에서만 판 거 집계된 거죠? 수량도 얼마나 나갔는지 알 수 있을까요? 아, 그쪽도 바쁘시구나. 네, 알겠습니다."

김찬우는 자리에서 일어나 사무실에 서 있는 김 대표를 보고 입을 열었다.

"로진에서 직접 찾아온대요."

"왜? 거기서 왜 찾아와?"

"추가 제작 때문에요."

"응? 뭐? 윤후 앨범? 오늘 나왔는데 무슨 추가 제작이야? 아무튼 주변에는 도둑놈들밖에 없어요. 회사에 돈도 없다."

김찬우는 그게 아니라는 듯 고개를 천천히 저으며 손을 내밀었다. 직원들은 김찬우가 내민 손을 따라 고개를 돌렸고, 그곳엔 무표정으로 서 있는 윤후가 보였다.

"쟤 지금 로진에서만 집계된 게 1등이에요."

"…뭐? 정말? 오늘 그렇게 많이 팔렸어?"

사무실 직원 모두가 자리에서 벌떡 일어나 턱이 빠지도록 입을 벌린 채 윤후를 바라보았다. 게다가 김찬우의 말은 거기서 끝이 아니라는 듯 이어졌고, 그 말을 들은 사무실 직원들은 말을 잃었다.

　"일간이 아니라 주간에서 1등이에요. 앨범 판매 시작한 지 하루 만에, 아니, 반나절 만에 1등 찍었다고요."

Chapter 5

불꽃 축제

옥탑 사무실에 있는 김 대표는 유통사이자 제작사인 로진에서 사람이 왔다 간 뒤로 멍한 상태였다. 아무리 음반 판매량이 늘어나는 추세라곤 해도 말도 안 되는 일이었다. 인터넷이 많이 보급되지 않은 시절에야 잘나가는 가수들은 백만 장이 우스웠지만, 아직 시장이 그 정도로 회복된 것은 아니었다. 로진의 제안은 톱 가수들조차도 들어보지 못했을 정도로 파격적이었다. 반나절 만에 결정한 로진이 스스로 유통 마진을 5% 삭감한다는 말은 추가 제작을 해도 분명히 매진될 가능성을 보았기 때문이다. 무엇보다 정규 앨범도 아닌 미니 앨범을.

김 대표는 어떤 생각을 하고 있는지 모를 윤후를 가만히 쳐다봤다. 함께 들었을 터인데 여전히 무표정으로 종이에 무언가를 끄적거리고 있었다. 대담하다고 해야 하는 것인지 무지하다고 해야 하는 것인지, 음반보다 종이에 적힌 글에 몰두하고 있었다.

"뭘 그렇게 적고 있는 거야?"

윤후는 종이에 적힌 프로그램을 휴대폰으로 검색해 가며 종이에 요약하고 있었다. 회사에게만 모든 짐을 맡기고 싶지는 않았다. 자신 때문에 식사도 제대로 하지 못하고 피곤에 찌든 얼굴로 열심히 일하는 회사 식구들이 실망하는 모습을 보고 싶지 않았다. 윤후는 종이를 내밀며 김 대표에게 물었다.

"이거 날짜가 내일인데 할 수 있어요?"

"내일이면 힘들 텐데? 그쪽 스케줄도 있을 거고. 그냥 막 적어놓은 건가? 뭔데?"

"불꽃 축제요."

"왜 하필 불꽃 축제야? 이거 야외라서 대기실 같은 게 좀 열악할 텐데."

"흠."

김 대표는 멈칫거리는 윤후를 보곤 고개를 갸우뚱거렸다. 윤후가 어떤 놈인데 설마 하는 마음으로 피식 웃었다.

"네가 단순히 불꽃놀이를 보고 싶은 건 아닐 테고… 아니, 설마 진짜로 불꽃놀이가 보고 싶어서 그런 거야?"

"흠."

"하하하, 알았어. 자식이 보고 싶으면 보고 싶다고 말하면 되지 뭘 계속 흠흠이야? 종락이한테 말해서 잡아보라고 할게. 이미 공연 순서 정해져서 힘들지도 모르니까 너무 기대는 말고."

"네, 그런데 KBC는 하나도 없네요?"

김 대표는 어색하게 말을 돌리는 윤후의 말에 어깨를 으쓱하고는 웃어넘겼다.

*   *   *

숲 엔터테인먼트의 킹스터는 제작 회의를 마치고 녹음실로 향하고 있었다. 다리를 움직이는 와중에도 회의에서 나온 얘기들이 머릿속을 빙빙 맴돌았다. 아무리 윤후가 시크릿맨이라고 해도 자기 식구 챙기기로 유명한 숲 엔터가 다른 회사의 뮤지션을 적극 홍보하는 것이 이해가 되지 않았다. 지금 활동하고 있는 회사 소속의 아이돌도 있었기에 더욱 의아했다. 킹스터는 그런 생각에 빠진 채 녹음실 문을 열었다.

"이게 무슨 일이야? 아무리 시크릿맨이 후라고 해도 이미 음원 내자마자 1등인 놈한테 여기서 더 도와준다고? 그냥 프로그램 때문인가?"

"시크릿맨이 후?"

"아, 깜짝이야! 뭐야, 너?"

"안녕하세요."

킹스터는 뒤에 따라 들어오며 말을 시키는 사람을 보고는 얼굴을 찌푸렸다. 무엇 때문에 왔는지 얘기하지 않아도 알고 있었다.

"루아야, 나 바쁘다니까. US 끝날 때까지 못하니까 좀 기다려라."

"알았어요."

"알았다면서 뭐 하러 왔어?"

"얘기해 봤어요?"

"야, 나 바쁘다니까! 방송 끝나면 다시 얘기할게. 됐지?"

"알았어요."

알겠다고 말하면서도 소파에 앉은 채 이어폰을 꽂는 루아의 모습에 킹스터는 머리를 흔들곤 루아의 앞에 앉았다.

"루아야, 후가 시크릿맨인 거 정말 말하면 안 된다?"

"알겠어요."

"맞다. 너 매니저가 얘기했어?"

"뭘요?"

"아, 미치겠다, 진짜! 너 윤후랑 작업하는 거 다시 생각해 봐. 너랑 똑같은 놈이라니까. 대화가 통하겠냐?"

반응이 없는 루아의 모습에 킹스터는 이를 꽉 깨물곤 진정하려 심호흡을 했다.

"너, 윤후 노래 들어봤지? 좋으면 SNS에 올리란다. 회사에서 나온 말이야. 강요는 아니라니까 싫으면 말고."

루아는 이어폰을 빼고는 핸드폰을 만지고서 자신의 SNS 계정을 킹스터에게 보여줬다. 이미 앨범까지 구매했는지 떡하니 앨범을 들고 있는 사진을 게시해 놓은 루아였다.

"앨범은 어디서 났어? 어제 아침에 발매했다는데."

"재승이 오빠한테 부탁했어요."

부탁이 아니라 명령에 가까웠을 것이다. 들어줄 때까지 사람을 달달 볶아대는 루아와 오랜 시간을 함께 지낸 매니저는 시달리기 전에 바로 음반을 구해주었을 것이다.

"어휴, 재승이 좀 그만 괴롭히고. 더불어 나도 좀 그만 괴롭히고. 너 활동 안 하고 쉬고 있으면 직접 가서 사든가."

"바빠요."

"뭘 바빠? 재계약 시즌이라 집에만 있잖아."

"아닌데요. 저 내일도 공연 있어요."

다른 가수들은 활동이 없는 기간에도 간혹 행사를 하지만, 루아는 마몽드 전체가 움직이는 일이 아니고는 행사 공연에 단독으로 올라가는 것을 싫어했다. 그것을 알고 있는 킹스터는 의아한 생각으로 루아를 보다가 문득 매년 이맘때쯤이 떠올랐다.

"너 혹시… 불꽃놀이 보러 가냐?"

"공연이요."

*　　　*　　　*

윤후의 팬클럽인 'Who Is Who'에 이상한 글들이 올라오기 시작했다. 상당히 늘어난 팬카페의 인원 때문에 골머리를 앓고 있던 이주희 역시 그 글을 보았다. 하지만 팬클럽 운영자임에도 불구하고 그 글을 본 이주희는 흐뭇한 미소를 짓고 있었다. 게다가 글을 읽고서는 따로 목록까지 작성했다.

개념 가수―박재진

개념 아이돌―F&F

가수들의 이름 앞에 개념을 붙인 글이었다. 목록을 한창 작성하던 중 새롭게 올라오는 글도 있었고 글이 게시되자마자 수많은 댓글이 동시에 달렸다.

"루아까지? 완전 대박이다!"

글을 타고 들어가니 루아가 자신의 SNS 개인 계정에 올려
놓은 사진이 보였다. 초록빛인 후의 앨범을 들고 찍은 사진 밑
에는 수많은 댓글이 달려 있었다. 그 많은 댓글 중에 악플은
찾아보기 힘들었다.

—역시 노래 잘하는 사람은 알아보는 법!
—덥덥이 님들, 루아 언니 노래도 많이 들어주세요!

게시물이 올라오면 카페에 공유하고, 그럼 윤후의 팬들은
인증을 한 가수의 SNS을 방문해 응원과 격려의 댓글을 달아
놓는 모습이었다. 그 때문인지 이상할 정도로 가수나 연예인
들이 윤후의 앨범을 들고 찍은 사진이 늘어나고 있었다. 마치
유행처럼.

이주희가 팬카페에 올라온 글을 읽고 또 읽고 있을 때, 라
온 엔터의 직원인 김진주가 공지로 윤후의 스케줄 표를 올려
두었다.

이주희는 그 공지를 보곤 따로 정리해 놓은 목록을 쳐다봤
다. 그러고는 씨익 웃으며 기사를 작성하기 시작했다.

⟨믿을 수 없을 정도의 퀄리티가 불러온 인증 대란. 유행처럼 번
지다⟩

〈하늘을 수놓는 불꽃 축제에서 대중들의 마음에 수를 놓으려는 후〉

이미 작은 불씨가 붙었고, 이주희는 그 불씨가 더 빨리 타오르도록 만들 것이란 기대감에 부풀어 기사를 작성했다.

*   *   *

다음 날, 불꽃 축제 전야제 공연이 있는 한강시민공원으로 향하던 윤후는 차 안에서 포스터를 보곤 얼굴을 찡그렸다. 갑자기 참여하게 되었기에 이미 완성되어 있는 포스터에 후의 이름이 보이지 않았다. 이미 얘기는 들었지만 마치 초대받지 못한 손님 같은 느낌에 포스터를 접고 창밖으로 시선을 돌렸다. 순간 윤후는 놀랄 수밖에 없었다.

"워매, 시작헐라믄 아직 멀었는디 뭔 사람이 이렇게 바글바글허냐."

대식의 말대로 인도는 걷기도 힘들 정도의 인파로 가득했다. 좁디좁은 인도에 줄지은 노점상들 때문에 더 비좁게만 보였다. 그 많은 사람들이 한 방향으로 이동하는 것으로 보아 모두 불꽃 축제에 온 것 같았다.

"뚫고 들어가는 것도 일이겠는디."

지금 보이는 인원만 해도 지금까지 자신이 한 음악 방송의 방청객 모두를 합쳐놓은 것보다 많아 보였다. 그 때문인지 무표정으로 일관하던 윤후의 얼굴은 당황하고 있다는 것이 보일 정도로 변했다.

"누나가 멋있게 꾸며줄게. 걱정하지 마."

"뭐여? 쫄은 겨?"

"흠."

"저 사람들이 다 너 보러 온 거 가터? 저 사람들 중엔 너 모르는 사람이 더 많을 거여. 괜히 긴장허지 말어."

긴장을 풀어주려는 대식의 말에 고개를 끄덕거렸다. 대식의 말처럼 전부 자신을 보러 온 사람은 아닐 것이라 생각하지만, 그래도 창밖으로 보이는 많은 인원에 긴장되었다.

차는 현장을 관리하는 스태프의 안내에 따라 이동했다. 안전 펜스가 둘러진 곳을 따라 내려가니 무대의 뒤쪽이었고, 여러 개의 천막을 지나 따로 마련된 곳에 차를 세웠다. 윤후와 일행이 차에서 내리자 안내하는 스태프가 허겁지겁 달려왔다.

"어떤 팀이세요? 어! 후다!"

"우리 윤후, 인기 좋은디?"

"아, 죄송합니다. 정말 죄송합니다. 안내해 드릴게요. 따라오세요."

대식은 윤후의 어깨를 툭 치며 안내 스태프를 따라갔다. 스태프는 앞장서면서도 연신 윤후를 힐끔거리며 이동했다. 천막은 주차장에서 그다지 멀지 않은 곳에 있었고, 상당히 큰 천막이었다. 그리고 천막 입구에는 커다랗게 'Who'라고 적힌 종이가 붙어 있었고, 그 옆에 또 다른 가수가 붙어 있었다.

"세 팀이 쓰는 거예유? 일인 대기실은 없어유?"

"네, 죄송해요. 장소가 부족해서 세 팀당 하나씩 배정됐거든요. 그래도 제일 넓은 대기실일 거예요."

윤후는 이미 예전에도 공용으로 대기실을 써봤기에 개의치 않았다.

"괜찮아요. 감사합니다."

안내 스태프에게 인사를 한 일행은 천막을 열고 들어갔다. 천막 안은 플라스틱 의자와 테이블만 있어서인지 의외로 꽤 넓었다. 그중 구석에 자신의 이름이 적힌 테이블로 걸어가 의자에 앉았다.

"내 이럴 줄 알았어. 이게 대기실이야? 메이크업 박스 안 챙겨왔으면 큰일 날 뻔했네."

아직 공연 시간도 남아 있었고 미용실까지 들렀다 왔건만 미정은 윤후의 상태를 수시로 점검했다. 시간이 조금 남은 탓에 의자에 하염없이 앉아 있을 때 무대 연출을 맡은 무대감독이 들어왔다. 여건상 리허설을 할 수 없었기에 무대가 그려진 그림판에 동선만 체크해 주는 것으로 리허설을 대신해 주었다.

무대연출 팀이 나가고 잠시 후, 윤후를 안내해 주었던 안내 스태프가 천막을 걷고 얼굴을 내밀었다. 대기실을 같이 쓰는 사람이 온 줄 알았는데 들어온 안내 스태프의 뜻밖의 말에 윤후는 피식 웃었다.

"저기… 쉬시는 데 죄송해요. 혹시 괜찮으시면 사진 한 번만 찍을 수 있을까요?"

윤후는 인상을 쓰는 대식을 보며 고개를 젓고는 안내 스태프를 불렀다. 그러자 안내 스태프의 뒤에서 같은 옷을 입고 있는 사람들이 여럿 튀어나왔다. 열댓 명으로 보이는 남녀가 함께 쭈뼛대고 서 있는 모습에 윤후가 들어오라는 듯 손을 흔들었다.

"뭐여? 일 안 혀유? 스태프들이 다 온 겨?"

"저희도 부탁드려요!"

"워매, 이게 뭔 일이여."

대식은 말과 다르게 안내 스태프의 휴대폰을 건네받아 사진을 찍어주었다.

"알바여유?"

"네, 정말 팬이에요. 오늘 아침 여기 오기 전에 앨범 사러 갔다가 허탕 쳤거든요. 이렇게 뵐 줄 알았으면 더 돌아다닐 걸 그랬어요. 앨범에 사인도 받았을 텐데……."

윤후는 사진을 찍다 말고 스태프들을 쳐다보며 물었다.

"덥덥이들?"

"…네?"

덥덥이들이 아님을 알았지만, 팬클럽이 아님에도 자신을 좋아해 주는 사람을 직접적으로 마주친 것이 처음인 탓에 기분이 좋았다. 윤후는 대식을 보며 물었다.

"차에 앨범 있어요?"

"열댓 장 있을 건디?"

"차에 다녀올게요."

자신이 다녀온다면서 툴툴거리며 일어선 대식의 얼굴 역시 기분이 좋은 듯 미소를 짓고 있었다. 미정 또한 대식을 따라 나서자 스태프로 가득 차 있는 천막은 말이 없는 윤후의 탓에 어색한 시간만이 흘렀다. 윤후는 억지로 미소를 지을까 생각하다가 고개를 저었고, 스태프들의 속삭이는 소리에 피식 웃었다.

"완전 'Who TV'랑 똑같아요."

"아니지. 맨날 이상한 옷 입고 있었는데 오늘은 멋있어요. 화면보다 훨씬 멋있어요."

'Who TV'로 물꼬를 튼 스태프들은 윤후에게 질문을 쏟아냈고, 윤후는 자신이 할 수 있는 최선의 친절로 대답했다. 짧은 대답이 오가며 한참 동안 팬미팅 아닌 팬미팅이 이루어 질 때, 천막의 문이 열렸다.

"여기 우리 대기실 아니야?"

음반을 가지러 간 대식이 아니라 같은 대기실을 배정 받은 밴드 그룹 '플라이'가 들어섰다. 천막 앞에서 문을 걷어 올린 채 인상을 쓰고 있는 '플라이'의 멤버들이었다. 그들의 매니저로 보이는 남자가 대기실 안으로 들어와 스태프들을 쳐다봤다.

"스태프? 스태프가 왜 여기 모여 있어? 여기 우리 대기실인데?"

"죄송합니다. 죄송합니다."

윤후는 황급히 나가는 자신의 팬들을 바라보고는 천막 입구에 서 있는 사람들에게 인사를 건넸다.

"안녕하세요. 신인 가수 후입니다."

"어, 그래. 애들이 예민해서 그러니까 대기실 조용하게 쓰자."

"네."

윤후는 인사만 건네고 황급히 쫓겨 나간 스태프들을 따라 나갔다. 그때 마침 대식과 미정이 쇼핑백에 음반을 들고 오는 모습이 보였다. 윤후는 스태프들을 불러 세우고 음반을 한 명씩 나눠 주며 사인까지 해주었다. 스태프들은 마치 왕에게 상이라도 하사받은 듯 음반을 끌어안고 감격한 얼굴로 윤후를 쳐다봤다.

"정말 감사합니다! 앞으로 계속 팬 할 거예요!"

"감사합니다!"

끝이 안 날 것 같은 윤후와 스태프들의 인사에 대식이 뜯어 말리고는 대기실로 들어가려 했다. 그러다가 대기실 앞에 붙인 표를 확인한 윤후는 고개를 끄덕였다. 백수 아저씨가 록에 대해 알려줄 때 많이 들은 그룹이 플라이였다. 심지어는 나중에 같이 노래해 보라는 말까지 했기에 윤후는 내심 반가웠다.

'이 사람들이 플라이구나.'

그래서인지 대기실로 들어가는 발걸음이 조금 가벼웠다. 하지만 기대하던 것과 달리 거친 목소리가 윤후의 얼굴을 찡그리게 만들었다.

"야, 신인. 나도 하나 줘봐."

*   *   *

플라이의 멤버들은 대기실에 들어오자마자 구석에 자리를 잡고는 불만을 쏟아냈다.

"이게 무슨 대기실이야? 소파도 없어."

"근데 쟤도 우리랑 같이 쓰네. 아까 보니까 루아도 같이 쓰던데."

"그래? 루아는 이해해도 쟤는 처음 보는 얼굴인데?"

"요새 잘나가잖아. 형이 전에 노래 괜찮다고 했는데."

"몰라. 아, 그나저나 어제 너무 달렸더니 술이 아직까지 안 깬다. 좀 누워 있게 저 의자 좀 줘."

밴드 그룹인 플라이의 멤버 중 한 사람이 옆에서 가져온 의자에 발을 올리고 드러누웠다. 그러고는 휴대폰으로 SNS에 글을 남기려 접속할 때, 이상한 글들이 보였다.

―준 오빠는 후 앨범 인증 안 하세요?

―울 옵이 왜 떨거지 인증을 함?

―지금 엄청 유행인데.

팔로워들이 남긴 글뿐만이 아니라 여기저기에 걸린 해시태그에 후의 이름이 보였다. 연예인뿐만이 아니라 일반인들까지 올려놓은 인증 사진이 수두룩했다.

"택아, 쟤 좀 불러와 봐."

준이라는 멤버의 말에 막내가 일어서더니 밖에 있는 윤후를 보고 다시 들어왔다.

"형, 스태프들한테 음반 돌리는 거 같은데?"

"그래? 그래도 들어오라고 해."

막내가 다시 나가려 할 때, 매니저가 손으로 막아섰다.

"분란 만들지 말고 가만히 있어라. 너 이번에 사건 터지면 회사에서 손 놓을지도 모르니까 연예인 생활 계속할 거면 지금처럼 술이나 처먹으면서 조용히 놀아."

같은 팀이라고 볼 수 없을 정도의 차가운 매니저의 말에 준은 얼굴을 일그러뜨렸다. 그렇지만 매니저의 말이 맞기라도 하는 듯 더 이상 따지지는 않았다. 그때 마침 대기실로 윤후가 들어섰다.

"야, 신인. 나도 하나 줘봐."

대기실로 들어서자마자 들려오는 소리에 윤후는 소리의 근원지를 찾아 쳐다봤다. 구석에 놓아둔 자신의 짐은 다른 테이블에 대충 올려 있고, '후'라고 적혀 있던 팻말은 어디로 갔는지 보이지도 않았다.

"야, 안 들려? 그거 손에 들고 있는 거 CD냐?"

"네."

"줘봐. 들어줄게."

한때는 꽤나 인기가 있었지만 멤버의 폭행 사건으로 인해 한동안 자숙 기간을 가진 플라이였다. 윤후는 플라이에 대한 자세한 사건은 모르지만 노래는 잘 알고 있었다. 남성미가 물씬 풍기는 밴드였다. 보컬이 곡을 무척 잘 살리는 밴드였기에 백수 아저씨가 칭찬을 많이 했고 그 곡들로 연습 또한 자주 했다. 그렇지만 노래만 들었으니 인성이 개차반이라는 것은 당연히 몰랐기에, 앞에서 누운 듯 손짓하는 준의 모습에 눈살을 찌푸렸다.

"내가 조금 전에 말했을 텐데. 일 만들지 말라고."

매니저의 말에 천막의 제일 구석에 앉아 있던 멤버로 보이는 사람이 일어섰다. 그러고는 윤후에게 손을 들어 의자를 가리켰다.

"자리 마음대로 옮겨서 미안하다. 쉬어라."

멤버의 말이 거슬렸는지 어느새 의자에서 발을 내리고 고쳐 앉은 준이 윤후에게 말했다.

"내가 달라고 말했다."

"야, 준!"

대기실 분위기가 살벌해지자 플라이의 매니저는 그 원인을 만든 준을 노려봤다. 그리고 뒤에서 상황을 지켜보던 대식이 윤후를 살며시 밀어내고 앞으로 나섰다.

"뭐 허는 거래유? 그짝 엉덩이 밑에 삐져나온 우리 후 이름표나 빼고 말혀유. 언제 봤다고 반말질이여?"

준은 엉덩이에 손을 넣어 깔고 앉은 이름표를 꺼냈다. 그러고는 툭 옆 테이블로 던졌고, 이름표는 제대로 올라가지 못한 채 바닥에 떨어져 버렸다.

"그거 지금 땅에다 버린 겨?"

"어디서 봤나 했더니 깡패 매니저였네. 왜, 치려고?"

그러자 아까 윤후에게 쉬라고 말한 멤버가 일어서더니 준의 앞에 섰다. 그러자 플라이의 매니저가 다급하게 외쳤다.

"유성재, 그냥 있어라. 그리고 준, 한 번만 더 그 입 열면 바로 철수하고 보고한다."

플라이의 매니저는 다급하게 제이의 본명을 부르면서 말렸고, 곧바로 대식에게 사과했다.

"저희가 관계자한테 얘기해서 대기실을 옮기겠습니다. 실례했습니다."

"후, 아녀유. 저희가 차에 있……."

"야, 신인. 너 안 가져올래?"

자존심 때문인지 굽힐 줄 모르는 준의 모습에 윤후는 이마를 긁적였다. 연예계에서 생활이 길지는 않았지만, 지금까지 저런 개차반은 없었다. 그것도 평소 안면이 있는 것처럼 행동하는 준의 모습은 눈살을 찌푸리게 만들었다. TV 드라마에서나 볼 법한 상황이 실제로 눈앞에서 펼쳐지고 있었고, 무엇보다 대식에게 하는 행동이 거슬렸다.

"형, 이거 얼마예요?"

"뭔 자다 봉창 두드리는 소리여?"

"제 앨범 정가 얼마예요?"

뒤에 있던 미정이 윤후가 어떤 말을 하려는 줄 눈치채고 크게 웃으며 말했다.

"하하하하! 만 원! 넌 어떻게 된 애가 네 앨범 가격도 모르니?"

고개를 끄덕거린 윤후는 무표정으로 다가가 땅에 떨어진 자신의 이름표를 줍고 손에 들고 있던 음반을 준에게 내밀었다.

"만 원이래요."

"…뭐? 장난하냐?"

준이 자리에서 벌떡 일어섰지만 윤후보다 한참 밑에 있었다. 윤후는 시선을 내리깔고 준을 쳐다봤고, 준은 그것에 더욱 열이 받는지 윤후의 멱살을 잡으려 했다.

"내가 살게요."

천막이 열리면서 대기실의 세 번째 주인인 루아가 들어섰다.

"오빠, 만 원만요."

"너 내가 사다 줬잖아! 왜 또 사?"

"알았으니까 만 원만요."

갑자기 등장한 루아의 모습에 조용해진 대기실이었다. 루아는 윤후의 손에서 앨범을 가져가고 만 원을 손에 쥐여줬다.

"사인."

윤후는 자신의 가슴팍 정도 오는 키의 루아가 내민 자신의 앨범을 받고는 미정이 건네주는 펜을 받아 사인을 했다.

"오빠."

루아는 자신의 매니저에게 휴대폰을 건네곤 앨범을 든 채

로 윤후의 옆에 섰다. 그러고는 뒤에 어정쩡하게 서 있는 준
을 귀찮다는 듯 쳐다보더니 윤후를 옆으로 밀어 자리를 옮겼
다.

"인증 샷."

인증 사진을 찍은 루아는 자신의 이름표가 놓인 테이블로
가면서 말했다.

"실례했어요. 하던 거 계속하세요."

루아의 등장으로 식어버린 분위기에, 플라이의 매니저가 준
과 제이를 데리고 대기실 밖으로 나갔다. 그 모습을 조용히
지켜보던 플라이의 멤버들은 얼굴을 찡그리며 자신들끼리 속
닥거렸다.

"하, 왜 또 저래. 진짜 미치겠다. 준이가 지랄하기 시작하면
제이 형은 좀 가만히 있지. 제이 형이 말릴 때마다 더 지랄인
거 뻔히 알면서."

"그래도 사고는 준이 형이 아니고 제이 형이 치잖아요."

플라이의 남아 있는 멤버들은 사라진 두 사람에게 쌓인 게
많은 듯 보였다.

*   *   *

대기실이 무대 뒤편인 탓에 공연을 볼 수도 없었고, 실시간

으로 공연장을 볼 방법도 없었다. 미정이 대기실을 지켰고, 윤후는 차에 있다가 공연을 준비하기 위해 대기실로 돌아왔다. 돌아와 보니 구석 자리에서 강제로 가운데에 자리하게 된 윤후였다.

왼쪽에서는 플라이의 준이 연신 노려보고 있었고, 오른쪽에서는 루아가 뚫어지게 쳐다보는 통에 눈을 뜨고 있기 힘들었다. 대기실 안 세 팀의 공연 순서도 전체 공연의 뒤쪽에 배정되어 있었기에 오랜 시간 함께 있어야 했다. 그나마 다행인 것은 세 팀 중 중간 순서이기에 플라이가 빠져나가면 바로 준비하러 간다는 점 정도였다.

그때, 천막을 제치고 크게 외치는 공연 관계자의 목소리가 들렸다.

"플라이 준비해 주세요! 바로 올라가셔야 하니까 서둘러 주세요!"

플라이의 준은 나가면서까지 윤후를 끝까지 노려보고 대기실을 나섰다.

"쟤 건들지 마라. 숲에서 노리고 있다는 소문 있으니까. 숲에서 너 치려고 마음먹으면 우린 아무것도 못 해준다."

"해줄 생각은 있고?"

"…무대나 잘해라. 그리고 끝나고 이리 와."

준은 뒤돌아가는 매니저의 뒷모습을 못마땅하게 쳐다보고

는 이동하기 시작했다. 스태프의 안내에 따라간 무대 뒤의 천막에 들러 스태프들이 건넨 악기를 착용했다. 제이는 무대에 드럼이 세팅되어 있기에 맨몸으로 MC의 말을 기다렸다.

"제이 형, 미안. 조금 열받아서 그랬네."

"그래."

제이는 준의 말에도 차갑게 대답할 뿐이었다.

*　　　*　　　*

무대 뒤에서 플라이의 무대를 지켜보던 윤후는 고개를 갸우뚱거렸다. 자신이 기억하고 있는 플라이의 보컬이 아니었다. 전혀 다른 색이었다. 플라이 고유의 남성미가 물씬 풍기던 색이 전혀 보이지 않는 그저 그런 목소리였다. 그래서인지 곡의 느낌이 죽어 있었고, 관객들 역시 느끼고 있는지 앰프를 터뜨릴 듯한 밴드의 음악 소리에도 집중을 못 하고 있었다.

"보컬이 바뀌었나 보네. 그래도 드럼은 잘 치네. 훗."

"뭘 혼자 중얼거리는 겨, 영감처럼?"

"아니에요."

"올라가서 사람 많다고 떨지 말고 허던 대로 혀."

플라이의 무대가 끝이 났다. 이제 곧 자신 차례였기에 심호흡을 하고 있을 때, 무대를 내려오는 플라이와 마주쳤다. 자신을 보며 웃는 다른 멤버들에게 먼저 고개를 끄덕여 인사했지만, 준은 자신을 보더니 어째서인지 피식 웃으며 내려갔다. 그리고 대기실에서 준을 말리던 제이는 무대가 마음에 안 드는지 얼굴을 찡그리고 있었다.

무대에 오르기 전 괜한 시비에 휘둘리고 싶지 않은 윤후는 고개를 돌리고 기타를 안아 들었다. 그리고 마침 무대에서는 MC가 윤후를 소개하고 있었다.

"여러분, 오늘 축하 공연을 해주시는 분들 중에 가장 극적으로 섭외가 되신 분입니다. 주최 측에서 갑작스럽게 한 부탁에도 흔쾌히 응해주셨다고 들었어요. 그래서 이분이 무대에 서는 줄 모르는 분도 많을 거라 생각합니다. 그렇지만 이분 노래를 모르는 분은 없을 거 같네요. 소개합니다. Who!"

윤후는 기타를 안고 터벅터벅 걸어나갔다. 상당히 많은 관객 때문인지 객석을 선뜻 쳐다보기가 힘들었다. 무대의 가운데에 서서 케이블까지 연결하고 나서야 고개를 들고 객석을 쳐다봤다.

"와아아아아!"

중간 지점부터 시작된 함성이 객석 전체로 옮겨가며 무대가 흔들릴 정도의 환호성이 들렸다. 그것이 오히려 윤후를 굳게 만들었다. 끝도 보이지 않는 관객들 때문에 항상 무표정이던 윤후의 얼굴이 굳어버렸다. 그렇다고 무대를 내려올 수는 없었기에 깊게 심호흡을 했다. 평소의 버릇대로 개방현으로 기타를 튕긴 후, 첫 곡인 '눕고 싶어'의 연주를 시작하려 했다. 하지만 윤후는 연주를 시작하지 않았다.

"야, 올라가 봐. 무슨 문제인가 알아봐."

스태프 중 한 명이 올라오려 할 때, 윤후가 마이크에 얼굴을 가까이 대고 입을 열었다.

"죄송합니다. 음이 잠깐 틀어져서요."

어째서인지 기타의 1, 2, 3번 줄이 전부 조금씩 풀려 있었다. 누가 건드리지 않는 이상 한쪽만 풀리는 경우는 없었다. 그나마 다행이라고 해야 하는지 기타 줄이 끊어지지는 않았기에 윤후는 무대 위에 서서 연결한 케이블을 빼고 조율을 하려고 했다. 하지만 노래를 시작하지 않고 기타만 만지작거리는 후의 모습에 객석에서 웅성거리는 소리가 났다. 그 소리에 기타 소리가 묻히는 느낌이 들어 다시 객석을 보고 입을 열었다.

"쉿."

무대에 올라와 아무것도 안 하고 기타를 만지작거리는 윤후의 모습을 쳐다보던 관객들은 윤후가 고개를 들어 '쉿'이라고 하는 말에 이제 곧 시작하려는 줄 오해하고 조용히 지켜봤다.

무대 뒤에서 그 모습을 지켜보던 플라이의 제이는 실망한 듯 혀를 찼다. 그때, 옆에 있던 준의 웃음소리가 들렸다.

"크크크, 저 새끼 당황한 거 봐. 하하! 아오, 속 시원해."

제이는 설마 하는 마음으로 준을 쳐다봤다.

"너 아니지?"

"큭. 뭐가? 왜 또 그래? 크크."

제이는 실실 웃으며 비꼬는 듯한 준의 말에 몸을 부르르 떨었다. 온몸에 소름이 일어날 정도로 화가 났다. 제이는 뒤를 돌아 웃고 있는 준의 얼굴을 때리려고 했지만, 객석과 스태프들을 가리키는 멤버들의 제지에 멈추었다.

"갑자기 준이한테 왜 그래?"

"조금 있다 보자, 이 쓰레기 새끼야."

제이는 다시 고개를 돌려 무대에서 기타를 만지고 있는 윤후를 쳐다보고는 주먹을 불끈 쥐었다. 아무리 썩었어도 뮤지션이라는 이름으로 음악 하는 사람으로서 절대 해서는 안 되는 일을 저질러 버렸다. 비록 자신이 한 짓은 아니지만 자신의 그룹 때문에 일어난 일이라는 생각이 들어 자책할 수밖에 없었다. 무대 위에서 기타를 만지는 윤후의 모습에 제이는 결정을 굳힌 듯 입술을 깨물었다.

"기타 줘봐."

"뭐 하려고? 저길 올라가려고?"

제이는 멤버의 기타를 빼앗듯이 낚아채서 어깨에 걸고 무대에 오르려 했다. 모든 것이 자신들의 책임이었다. 그렇게 무대를 향하는 계단에 발을 올리려 할 때, 무대에 있던 윤후의 말이 들렸다.

"다 됐네요. 그럼 첫 곡 '눕고 싶어' 들려 드릴게요."

불과 1분 남짓한 시간이었다. 조율기가 있다고 해도 불가능한 시간임에도 불구하고, 조율기가 없는 윤후는 다 되었다고 말했다. 제이가 말도 안 되는 호승을 부린다는 생각에 다시 무대로 올라가려 한 순간, 윤후의 기타 연주 소리가 들렸다. 오로지 어쿠스틱 기타로만 연주하는 소리가 제이의 걸음을 멈추게 만들었다.

"…말도 안 돼."

연주는 완벽했다. 다른 말이 필요 없이 그저 완벽했다.

＊　　　　＊　　　　＊

무대 밑에서 끝도 보이지 않는 많은 관객들이 기다림에도 기타 조율을 하던 윤후는 피식 웃었다. 누가 만졌는지 모르지만 오히려 고맙다는 생각이 들었다. 기타 조율을 하면서 긴장이 풀렸고, 객석을 바라볼 여유가 생겼다. 매일같이 기타를 만지고 닦고 기타 줄을 갈던 윤후에게 조율은 일도 아니었다.

조율을 마치고 고개를 든 윤후는 긴장이 풀려서 그런지 보이지 않던 관객들의 모습이 눈에 들어왔다. 그리고 관객들 사이사이에 높이 흔드는 익숙한 타월이 보였다. 자신의 이름이 적힌.

"다 됐네요. 그럼 첫 곡 '눕고 싶어' 들려 드릴게요."

'Sixth Sense'의 앨범 전곡이 인기가 있었지만 그중에서도 '눕고 싶어'로 방송 활동을 했기에 선곡했다. 관객들의 반응을 보니 이 곡으로 하길 잘했다는 생각이 들었다. 관객 모두가 따라 부르지는 못했지만, 워낙 많은 관객이 있어서인지 시민 공원 전체가 울리는 듯했다. 그리고 노래의 하이라이트라 불리는 부분이 나올 차례였다.

너도 누울래?

윤후의 말이 끝나기가 무섭게 객석에 있던 수많은 관객들이 동시에 소리쳤고, 그로 인해 무대가 흔들리는 것만 같았다. 그리고 그 환호에 응하듯이 윤후는 잠시 기타 연주를 멈추고 객석을 쳐다봤다. 몇 초 남짓한 시간이었지만 무대에서는 노랫소리도, 기타 소리도 들리지 않았다. 관객들이 무대를 뚫어지게 바라보고 있을 때, 그동안 선 무대 중 제일 환한 미소로 입을 열었다.

그럼 누워요

의도하지는 않았지만 브레이크를 걸어 집중시킨 듯한 연출이 관객들을 무대에 더욱더 몰두하게 했다. 하이라이트 뒤에 이어진 후렴구에서는 아예 마이크를 관객을 향해 돌려놓고 기타를 연주하기까지 했다.

"대, 대단허네."

무대 뒤에서 조바심을 내며 지켜보던 대식은 무대 밑 관객들의 호응에 혀를 내둘렀다. 시민 축제이다 보니 다양한 연령층이었음에도 불구하고 시민들 반은 따라 부르는 모습이 마치 윤후의 팬들만 모인 콘서트처럼 보였다. 게다가 그 어느 때보다 열정적으로 기타를 연주하는 윤후의 모습이 조명이라도 비추고 있는 듯 빛나고 있었다.

어느새 노래가 끝나고 다시 마이크를 돌린 윤후는 멘트는 자신이 없었기에 빠르게 소개하고 다음 곡으로 넘어갔다.

"다음 곡은 어제 공개한 '스마일'입니다."

신곡이기에 모르는 사람이 많았지만 이미 관객들은 '눕고 싶어'에서 충분히 흥이 올랐기에 열렬하게 환호성을 보냈다. 그때, 앞쪽에 앉은 여학생이 안전 펜스에 걸터앉아 자신과 무대 위에 있는 윤후가 카메라에 담기도록 사진을 찍으려 했다. 하지만 안전 펜스에서 뒤로 떨어지고 말았다. 안전 요원들이 서둘러 일으켜 세운 여학생의 목에는 타월을 둘려져 있었다. 노래를 시작하려던 윤후는 마이크에 대고 노래 대신 말했다.

"괜찮아요?"

무대 위에서 묻는 탓에 관객들은 안전 요원들에게 끌려가듯 걸음을 옮기는 여학생에게 시선이 돌아갔고, 여학생은 부끄러운지 고개를 숙이고 있었다.

"거서 그딴 걸 왜 묻는 겨. 어휴, 시간 다 꼬이겠구만."

대식은 혹여나 저러한 행동으로 윤후가 욕을 먹을까 봐 걱정했고, 그 옆에서 시계를 체크하며 안절부절못하는 스태프의 모습에 같이 발을 동동 굴렀다. 노래나 하고 내려오면 좋을 텐데, 갑자기 시간을 끄는 모습에 속이 타들어갔다. 다음 순서가 오늘 준비된 마지막 순서이자 하이라이트인 루아였기에 더 좌불안석이었다.

"야, 올라가서 빨리 노래 시작하라고 그래! 시간 꼬이잖아!"

스태프들이 윤후에게 올라가려 할 때, 뒤에서 기다리던 루아가 스태프를 저지했다.

"내가 한 곡만 부르면 시간 되죠?"

"네?"

"내가 한 곡만 부르면 후가 노래 부를 시간 있는 거죠?"

"아, 잠시만요."

잠시 관계자와 말을 하던 스태프는 루아에게 정말 괜찮겠냐고 물었고, 루아는 당연하다는 듯이 고개를 끄덕였다. 그 모습을 지켜보는 대식은 미안한 마음에 루아를 힐끔거리고만 있었다.

한편, 무대 위의 윤후는 넘어진 여학생을 불러 세웠다.

"줘봐요."

"네?"

"휴대폰 줘봐요."

뒤쪽의 관객까지 보이도록 설치한 스크린에는 윤후의 모습이 생생하게 담겨 있었기에 뒤쪽에 있는 관객들까지 무슨 짓을 하려는지 궁금해하며 쳐다봤다.

여학생이 셀카 봉이 달린 휴대폰을 까치발을 들어 건네주자 윤후는 휴대폰을 만지작거렸다.

"흠."

한참을 만지던 윤후는 어이없게도 뒤를 돌아 대식을 쳐다봤다.

"이거 어떻게 찍어요?"

"…저 이 또라이 같은 시끼가!"

윤후의 말에 관객들은 크게 웃으면서 너 나 할 것 없이 사용법을 외쳤고, 윤후는 그제야 버튼을 누르면 된다는 것을 알고는 셀카 봉을 들고 관객들을 등진 채 돌아섰다.

"다 나오게 찍을게요."

윤후는 사진을 찍으려다 말고 인상을 쓰고 있는 대식을 봤다. 그러고는 관객들이 지켜보고 있는 와중에 또 질문했다.

"사진 찍을 때 뭐라고 하라고 했어요? 대표님 있을 때 하지 말라고 한 거 뭐였죠?"

순간 당황한 대식은 윤후의 말에 입을 벌리며 절대 안 된다고 손으로 가위표를 그리다가 머리를 부여잡았다. 윤후는 알았다는 듯이 마이크를 입에 대고 관객들에게 말했다.

"하나, 둘, 셋 하면 빛나리 하면서 찍을게요."

"이 시끼야, 제발 노래나 혀."

휴대폰 카메라에 수많은 관객이 담길 리가 없지만, 관객들은 재미있는지 숫자에 맞춰 시민 공원이 떠나갈 듯 외쳤다.

"빛나리!"

"좋네요. 사진은… 음, 나중에 SNS에 올려줘요."

휴대폰을 건네받은 여학생은 그 자리에서 기쁨에 못 이겨 금방이라도 울 것같이 방방 뛰다가 스태프의 제지로 자리에 돌아갔고, 윤후는 다시 기타를 튕겨보고는 마이크에 입을 대고 말했다.

"그럼 이제 스마일 들려 드릴게요."

관객들은 이미 윤후에게 홀려 있었다. 일부 가수들이 자신의 콘서트장에서 관객의 휴대폰으로 셀카를 찍어주기는 했지만, 그 어떤 연예인이 무대 위에서 관객들과 단체 사진을 찍는

단 말인가? 그 모습이 친근하게 느껴진 관객들은 이미 윤후의 노래에 빠져들 준비가 되어 있었다.

그사이 해가 완전히 졌고, 환한 조명이 해를 대신했다. 사진을 찍은 윤후는 자신이 한 행동에 큰 의미를 두지 않았기에 곧바로 기타를 튕기기 시작했다. 한 음, 한 음 기타를 소중하게 어루만지듯이 연주한 윤후가 마이크 가까이 입을 댔다.

I'll remember. All of you

윤후와 동시에 몇몇 관객이 따라 불렀다. 발매 하루 만에 따라 부르는 관객의 목소리에 윤후는 기분이 좋은지 살며시 미소를 지으며 노래를 이어갔다. 하지만 역시나 끝까지 따라 부르는 것은 무리였는지 노래를 이어갈수록 무대 밑 관객들은 고요했다. 하지만 윤후의 생각과는 달리 고요해진 것은 전혀 다른 이유 때문이었다.

윤후의 노래를 처음 듣는 사람들은 앰프에서 울리는 첫 소절에 지인들과 나누던 얘기를 멈추고 무대나 스크린을 쳐다봤다. 가슴을 간질간질하게 만드는 울림에 노래에 집중하고 싶었지만, 객석 사이에서 따라 부르는 사람들 때문에 노래에 집중하기 어려웠다. 무대 밑에서는 이상한 광경이 벌어지고 있었다.

"학생, 노래가 너무 좋아서 제대로 듣고 싶은데, 조금만 양해해 줄 수 있을까요?"

"네."

이런 일이 한 곳이 아닌 여러 곳에서 일어나다 보니 점점 따라 부르는 소리가 줄어들기 시작했고, 결국 예기치 못한 소음 말고는 오직 윤후의 노랫소리만이 울려 퍼지고 있었다.

I will greet you with a smile

노래를 마친 윤후는 박수도 없는 관객들과 눈싸움이라도 하려는 듯 쳐다봤다. 뒤에서 빨리 내려오라는 스태프의 성화에 기타에 연결한 케이블을 빼고 말했다.

"감사합니다."

그제야 관객들이 하나둘 박수를 치기 시작했다. 간간이 들리는 환호성을 제외하고는 관객 대부분이 조용히 박수를 보냈다. 윤후는 관객들을 쳐다봤다. 기립 박수까지는 아니지만, 박수 소리가 좋은 음악을 들려줘서 감사하다는 마음을 담은 소리처럼 느껴졌다. 그 때문인지 무대를 내려가는 윤후의 얼굴에는 평소에 보기 힘든 환한 미소가 걸려 있었다.

"이 시끼야, 너 때문에 루아 씨 한 곡뿐이 못하잖어."

"흠."

"흠 같은 소리 허네. 이럴 때 허라고 사과하는 법 알려준 거여. 어여 사과드려."

"죄송합니다."

대식의 옆에서 무대를 지켜본 루아는 자신에게 사과를 건네는 윤후를 지나쳐 가며 말했다.

"대단했어요."

*　　　*　　　*

윤후 일행은 대기실로 오자마자 짐을 내려놓고 천막의 뒤쪽에 자리했다.

"왜 안 앉고 서 있는 겨?"

윤후는 대식이 깔고 앉은 타월을 보며 인상을 찡그렸다.

"이거 내 돈 주고 산 거여. 만 원! 내 껀디 내 맘대로 허면 워떠."

"그래요."

"워매? 너도 깔고 앉는구먼! 이거 웃긴 놈이여!"

천막 뒤쪽에 미정까지 쪼르르 앉아 천막에 등을 기대고 불꽃놀이가 시작하기를 기다렸다.

"근디 말이여, 너 기타 관리 안 허고 무대 올라간 겨?"

"아."

미정도 많이 놀랐는지 윤후를 쳐다봤다.

"맞다. 얼마나 놀랐다고."

"옮기면서 부딪쳤나 봐요. 오른쪽 헤드머신이 풀려 있더라고요."

"그려? 담부터는 올라가기 전에 꼭 확인혀. 만약에 생방송 무대였으면 방송 사고여."

"오빠는 칭찬도 좀 해주고 그래라. 오늘 윤후 완전 멋있더라. 아까 사람들이 전부 박수 치는데 눈물 날 뻔했어. 앞으로 주욱 울게 해줄 거지?"

윤후는 팔짱을 끼려는 미정을 밀어내고 피식 웃었다. 그렇게 바라던 가수를 하면서 좋은 사람들과 함께하는 지금 이 순간 제일 어울리는 단어를 찾는다면 행복일 것 같았다. 그때 윤후의 컴백 첫 무대를 축하해 주기라도 하려는 듯, 불꽃놀이를 시작한다는 사회자의 말과 함께 폭죽 소리가 들렸다.

"뭐여? 이 짝이 아니고 저 짝이여?"

폭죽이 터지는 반대편에 자리 잡고 있던 윤후 일행은 보이는 곳으로 이동했고, 특히 윤후는 그 어느 때보다 빠르게 이동했다. 자리를 옮기고 나니 자신들처럼 폭죽을 구경하러 나온 루아와 매니저가 보였다. 윤후는 고개를 끄덕여 인사하고는 약간 떨어진 곳에 자리를 잡았다.

펑, 퍼퍼퍼펑, 펑!

불꽃놀이 자체를 처음 보는 윤후는 하늘을 향해 있는 고개가 내려올 줄을 몰랐다. 큰 소리와 함께 형형색색의 폭죽이 하늘을 수놓는 모습에 넋을 놓고 바라봤다. 검은 하늘에 꽃을 피우는 폭죽도 있었고, 민들레 씨앗처럼 퍼지는 폭죽까지 다양한 모습을 구경하느라 시간 가는 줄 몰랐다. 총 세 나라가 참가했고, 그중 한국 팀의 불꽃놀이가 끝이 났다.

고개를 내릴 때, 자신과 마찬가지로 고개를 내리는 루아와 눈이 마주쳤다. 하루 종일 자신을 쳐다보기도 했거니와 또 어떤 시비가 붙을지 몰라 눈을 피했다. 그러자 루아가 자리에서 일어나 윤후의 옆으로 다가와 앉았다.

"흠."

너 나 할 것 없이 죄다 타월을 깔개 용도로 사용하는 모습에 불편함을 느낄 때, 루아는 다른 타월을 꺼내 무릎을 감쌌다. 한 앨범당 하나의 타월만 들어 있었기에 최소한 두 개의 앨범을 구매한 모양이다.

"노래 잘 들었어요."

"……."

"왜 대답이 없어요?"

앨범을 많이 구매한 것 때문인지 왠지 모르게 고마움이 느껴져 자신이 할 수 있는 최대한의 긴 대답을 생각하느라 대답을 못 하고 있는 윤후였다.

"흠, 잘 들어주셔서 감사합니다."

"그거 말고요. 같이 작업하자고 연락을 많이 했는데 답을
안 줘서요."

회사를 통해 들어오는 의뢰는 전부 회사에서 관리하고 있
었고, 지금까지 그 어떤 사람과도 작업을 하지 않았다. 사실
할 시간도 없었다. 자신의 앨범 작업을 손수 했고, 아직 데뷔
도 못한 걸 그룹까지 남아 있었다.

"힘들 거 같은데요."

"왜요?"

"시간이 안 날 것 같아요."

"왜요?"

"회사 식구부터 우선 봐줘야 하거든요."

"왜요?"

윤후는 물끄러미 루아를 쳐다봤다. 대식이 가끔씩 자신을
보며 답답해하던 것이 이런 것이 아닐까 생각했다.

"흠, 식구니까요."

"음, 같은 회사면 먼저 봐주는 건가요?"

"네."

"알았어요."

옆에서 둘의 이상한 대화를 지켜보던 대식과 루아의 매니
저는 서로를 보며 동지라도 된 것처럼 안쓰러운 얼굴로 서로

를 위로하듯 고개를 끄덕였다.

*　　　　　*　　　　*

"왜 때렸냐니까? 제이 너 정말 깡패야? 준이가 항상 너 따까리 짓 해주는 거 모르고 있는 줄 알아? 그런 애를 때리기까지 해?"

"본부장님, 그게 아닙니다."

"최 팀장은 빠져 있어! 팀장이나 돼서 애를 그 지경으로 만들 동안 뭐 한 거야? 네가 한다고 해서 팀장급을 붙여놨더니 일을 이따위로 만들어?"

제이는 어떤 변명도 하지 않고 고개를 빳빳이 들고서 자신을 나무라는 본부장과 눈을 맞추고 있었다. 지금까지 그래왔다. 준과 본부장과의 관계에 대해선 알지 못하지만, 충분히 본부장이 준을 감싼다는 것을 알고 있었다.

1집 때 인기를 끌고 있을 무렵 음주 운전으로 사고를 친 준이었고, 그 때문에 그룹 전체가 활동을 중지해야 했다. 그러던 중 또다시 준이 매니저를 폭행하는 사건이 발생했다. 그때부터 꼬이기 시작했다. 제이가 가수 생활을 목숨보다 중요하게 여긴다는 점을 알고 있는 본부장은 그룹을 유지하기 위해서 도와달라고 부탁했다. 그리고 그 당시 제이는 그룹을 유지하기 위해 폭행 사건을 자신이 덮어쓰는 철없는 선택을 했다.

그런 치부를 알아서인지 유독 자신을 멀리하고 따돌리려 하는 준이었지만, 제이는 끝까지 그룹에 남아 있었다. 그런 모든 것을 알고 있는 사람도 회사 내에서 본부장 혼자였고, 부탁을 한 사람도 본부장이었다. 그리고 지금 자신을 가장 초라하게 만들고 있는 사람도 본부장이었다.

"연락하기 전까지 집에서 근신해라."

제이는 본부장의 말이 끝나기가 무섭게 자리를 박차고 일어섰다. 문을 부술 듯이 열어젖히다가 나가려던 발걸음을 잠시 멈추고 뒤를 돌았다.

"장훈이 형, 형한테는 정말 미안하다. 나중에 봐."

Chapter 6
듀엣 하실래요?

"구 PD야, 나 좀 살려줘라."

"뭐? 도대체 뭐? 나더러 어떡하라고!"

"다음 주 음방에도 후 못 데려오면 나 시말서 써야 돼. 좀 살려줘."

"마크 그레이스도 아니라며! 그거 후 부모님이라고 그러더만! 그런데 뭘 어쩌라고! 가뜩이나 열받아 죽겠는데!"

윤후의 방송이 나간 날 라온 엔터테인먼트의 공식 SNS는 지라시에 대한 내용을 언급했다. 내용은 회사의 인물들이 맞지만, 퍼지고 있는 얘기와 전혀 다르다는 내용이었다. 그것을 본 구 PD는 분노가 치밀었다. 하지만 이미 방송이 나간 뒤였다.

"너 그날 방송 시청률 2년 만에 최고 찍었다며?"

"특집이라 그런 거지 그놈 때문에 그러냐?"

"야, 오늘 기사만 봐도 지금 후 얘기만 계속 나와. 너도 그러지 말고 걔 섭외해서 한 번 더 해라. 어떻게 보면 후 뜨는 데너도 한몫 거든 거나 다름없잖아. 안 그래? 섭외 전화 하면서 자연스럽게 사과도 하고."

동료 PD의 말대로 시청률도 대박이었거니와 동영상 사이트에서는 윤후가 노래 부르는 부분만 잘라놓은 영상이 며칠 만에 1,300만 뷰가 넘어버렸다. 반복해서 본 사람을 제외하더라도 굉장한 숫자였기에 신경이 쓰일 수밖에 없었다. 게다가 도대체 불꽃 축제에서 어떻게 했길래 우호적인 기사만 올라오고 있었다. 그 때문인지 오늘만 해도 벌써 몇 번째나 같은 부탁을 듣고 있는 중이었다.

"구 PD, 부탁 좀 하자. 너 이러다가 연말에 가요제 할 때도 안 오면 어떡하려고 그래? 그전에 미리 풀어둬야지. 너 그러다가 국장님까지 내려오면……."

"알았다고! 알았으니까 좀 가라!"

구 PD는 이미 식어버린 커피를 단숨에 들이켰다.

"아, 시발! 좀 잘해줄걸!"

　　　　*　　　　　　*　　　　　*

　숙소 생활을 하던 제이는 짐을 챙기기 위해 숙소에 도착했
다. 옷가지는 없어도 그만이지만 없어서는 안 될 소중한 노트
가 숙소에 남아 있었다. 숙소 문을 열고 들어가니 거실에 데
뷔 때부터 함께한 멤버들이 보였고, 멤버들은 제이를 보자마
자 얼굴을 찡그렸다.

　상처는 없었지만 약간 울긋불긋한 얼굴로 자신을 보고 있
는 준을 보고는 한숨을 내쉬었다.

　"때린 건 미안하다. 그렇지만 너도 반성해라."

　"그래, 반성할게. 앞으로 볼 일이야 없을 거 같지만… 나도
형한테 조언 하나 하자. 툭하면 사람 치는 것도 좀 그만하고.
진짜 깡패도 아니고……."

　"전에 매니저도 때리더니… 준이까지 때린 건 너무했다."

　몇 사람 모르게 폭행 사건을 덮었기에 멤버들이 모르는 것
은 당연했지만, 당사자인 준이 비아냥거리며 떠넘기는 말에 입
술을 깨물었다.

　"왜, 또 때리려고?"

　제이는 준을 보며 주먹을 꽉 쥐었다. 바보 같은 선택이었지
만 지금까지는 자신의 형이 가르쳐 준 음악을 계속할 수 있

어서 참을 수 있었다. 하지만 예전처럼 목소리가 나오지 않는 지금엔 후회가 되기 시작했다. 모든 것이 엉망이 되어버렸다. 더 이상 준을 마주하고 싶지 않은 제이는 고개를 돌리고 자신의 방으로 들어갔다.

작업실처럼 꾸며진 방의 건반 옆에 놓인 노트를 들어 올렸다. 지금까지 음악 생활을 하면서 써온 곡들, 차마 부르지 못한 곡들이 적힌 노트를 보자 가슴이 울렁거렸다. 언젠가는 부르겠다고 다짐하며 만든 곡이지만 목소리가 예전처럼 나오지 않았다. 데뷔 초 성대 혹사에 이어 성대에 생긴 종양을 제거한 뒤부터 목소리가 변해 버렸다. 그렇기에 자신이 속해 있는 그룹을 통해서라도 자신이 만든 곡을 들려주려 했지만 이제는 그럴 수 없다는 생각이 들었다. 그 때문인지 노트를 들고 있던 제이는 무너져 버렸다. 끝이었다. 희망이 보이지 않았다.

"일어나."

뒤에서 익숙한 목소리가 들렸다. 자신을 가수로 이끌어주고 지금까지 끌고 온 사람. 하지만 자신의 잘못된 선택으로 인해 밀어낼 수밖에 없던 탓에 거리감이 생겨 버린 사람. 친형의 친구이자 자신에게는 친형 같은 최장훈이었다. 어째서인지 그의 목소리를 듣자 눈물을 참을 수 없었다.

"형……."

"일어나라. 그리고 밖에 애들 보고 있으니까 절대 눈물 보이지 마라."

제이는 그 소리에 입술을 피가 맺힐 정도로 깨물었다. 그 모습을 보던 최장훈은 밖에 있는 멤버들이 들릴 정도로 말했다.

"너… 회사에서 계약 끝낼 거다."

끝이라 생각했는데 막상 믿고 있던 사람의 입에서 그 소리를 들으니 끝도 없는 나락으로 추락하는 것만 같았다. 아무 말도 할 수 없는 제이는 고개를 떨궜고, 그 모습을 지켜보며 말하던 최장훈은 떨어지는 제이의 고개를 보곤 어깨를 잡아세웠다.

"나도 너하고 함께 갈 거다."

제이는 슬픔이 가득 찬 얼굴로 최장훈을 쳐다봤고, 최장훈은 그런 제이의 눈빛을 덤덤하게 마주하고 있었다.

"내가 너 책임지겠다고 너희 형하고 약속한 거 알지?"

제이는 최장훈의 친구이기도 한 자신의 형 얘기에 고개를 끄덕거렸고, 최장훈의 말에 피가 배도록 입술을 깨물고 있음에도 불구하고 눈물이 흘러내렸다.

"누가 뭐래도 난 너 믿는다."

믿는다는 한마디에 깨물고 있던 입술 사이로 울음이 터져 나올 것만 같았다.

　　　　　*　　　　　　*　　　　　　*

　김 대표는 입꼬리가 귀에 닿을 정도로 환하게 웃었다. 손에 들고 있는 커피가 하얀 와이셔츠에 떨어져 생긴 얼룩마저도 아름다워 보였다.

〈15회 서울 불꽃 축제를 자신의 콘서트장으로 만들어 버린 후〉
〈하늘을 꽃피운 불꽃처럼 관객들의 마음에 꽃을 피운 후〉

　인터넷과 신문에는 불꽃 축제에 있던 윤후의 기사가 쉴 새 없이 올라오고 있었다. 기사를 홍보용으로 수집하던 직원들도 지칠 만큼 실시간으로 경쟁이라도 하는 듯 기사들이 빠르게 올라왔다. 각기 다른 사진이 쉴 새 없이 올라오는 것을 보던 김 대표는 신드롬이 아닐까 하는 생각이 들었다. 이미 음반은 내놓기가 무섭게 나가고 있었고 발매 첫 주 만에 20만 장을 넘어서 버렸다. 그 때문에 김 대표는 웃음이 사라지지 않았다.

　"새로 나온 기사들도 잘 정리해 놔. 하하! 쉬엄쉬엄하고."

　김 대표와는 다르게 다크서클이 턱밑까지 내려와 있는 직원들은 죽을 맛이었다. 앨범이 발매된 이후로 잠잘 시간도 부족했다. 고작 세 명을 추가한 정도로는 지금 이 상황을 감당

할 수가 없었다. 그때 들어온 지 얼마 안 되는 경력직 신입이 이종락에게 말했다.

"팀장님, 저희 이러다 죽어요. 직원, 아니, 알바라도 더 뽑아야 하는 거 아니에요?"

"하하, 안 그래도 오늘 면접 올 거다. 실장급 한 명! 조금만 참아. 대표님이 허술해 보여도 야근 수당에 보너스는 칼같이 두둑하게 챙겨줄 거야."

"그전에 죽으면요? 바나나에서도 맨날 야근해서 옮겼더니 더하잖아요!"

"하하, 밥이나 먹고 와."

신입 사원이 툴툴거릴 때 김 대표는 여전히 기사를 보고 있었다. 김 대표가 보고 있는 모니터에는 윤후의 사진이 큼지막하게 걸려 있었다. 이미 본 사진이지만 참 잘 나왔다. 무대 위에서 찍은 사진에는 관객들이 담겨 있었고, 사진에서 무대의 분위기와 그날의 분위기가 느껴지는 듯했다. 기분 좋은 얼굴로 기사를 읽던 김 대표는 주먹을 불끈 쥐고 벌떡 일어섰다.

"대식이랑 윤후 불러와!"

김 대표는 붉어진 얼굴로 마우스를 거칠게 내리며 기사를 확인했다. 어쩐지 윤후의 공연이 성공적으로 끝나 기쁜 일에도 자신을 슬금슬금 피하는 대식이 수상했다. 분명 스케줄이 없어서 사무실 일을 돕고 있어야 하는데 오전에 인사만 하고 지금껏 숨어 있었다.

〈무대 위에서 빛나리 후! 관객들의 얼굴마저 빛나리!〉

가끔씩 자신을 놀릴 때 하던 말을 수만 명이 모인 자리에서 한 것이 꽤씸했다. 그때 사무실 문이 열리자 김 대표는 다짜고짜 책상 위에 있던 휴지를 던져 버렸다.

"대식이 이 새끼야! 윤후한테 좋은 거… 아, 죄송합니다!"

문을 연 사람은 가슴팍으로 정확히 날아온 휴지를 웃으며 내려놓았다. 그러고는 환하게 미소 지으며 입을 열었다.

"하하, 회사 분위기가 활기차고 좋네요. 안녕하십니까. 오늘 면접 보러 온 최장훈입니다."

"아, DY 최 팀장님! 이런 실례를 하다니… 정말 죄송합니다. 이럴 게 아니라 일단 올라가시죠."

김 대표는 KM이나 숲 엔터보다는 작지만 그래도 다수의 인기 가수를 보유하고 있는 DY 엔터의 최장훈과 안면이 있는지 반갑게 맞이했다. 김 대표는 사무실을 나와 최장훈을 안내해 옥탑 사무실로 향했다.

그 모습을 경비실에서 지켜보던 대식과 윤후는 그제야 경비실에서 나왔다.

"어르신, 폐 끼쳐서 죄송허유."

"하하, 아닙니다. 대식 씨랑 우리 윤후 군은 언제나 환영이죠. 그런데 또 무슨 장난을 치셨길래… 하하!"

"이게 다 저놈 때문이여유. 야, 같이 올라가! 누구 있을 때 올라가야 덜 욕먹는 거여!"

"흠."

윤후는 고개를 끄덕이며 발걸음을 옮겼고, 대식은 그런 윤후를 따라가며 외쳤다.

"야, 인마! 왜 지하로 가는 겨? 빛나리는 니가 말했잖어!"

*   *   *

"최 팀장님 정도면 저희 회사 말고도 내로라하는 회사에서 스카우트 제의도 많이 받으셨을 텐데……."

"네, 그렇기는 합니다. 그전에 먼저 이것 좀 같이 봐주시겠습니까?"

최장훈은 미리 준비한 서류를 내밀었다. 김 대표는 탁자 위에 내려놓은 서류를 집어 들어 펼쳤다. 깔끔하게 정리된 서류임에도 불구하고 김 대표의 얼굴은 시큰둥했다. 업계에서 일 잘하기로 소문난 최장훈이 왜 라온으로 온 것인지 얼핏 알 것 같았다.

"그러니까 이 친구랑 함께하고 싶다는 겁니까?"

"간단히 말하면 그렇습니다."

손꼽히는 대형 기획사에서도 최장훈이 탐나기는 했다. 하지만 필요도 없는 떨거지까지 안을 필요는 없었다. 하지만 라온은 아니었다. 마이너급의 회사가 메이저로 도약할 때 가장 필요한 것은 실력 있는 가수도 물론 중요하겠지만, 메이저에서 오랜 활동 경험이 있는 사람이 필요했다. 그래서 최장훈은 거기에 가장 적합한 인물은 자신이라 생각했고, 라온은 쉽게 거절하지 못할 것이라 판단했다. 그리고 무엇보다 제이가 머물기에 가장 적당한 곳이 라온이었다.

이러한 최장훈의 생각대로 김 대표는 고민에 빠져 있었다. 인디밴드들조차 제대로 감당하기 어려워 이강유와 상의하고 있었고, 아직 데뷔도 못한 걸 그룹까지 있었다. 계약금이야 라온의 특성상 1년씩 계약을 해왔기에 문제가 되지 않았다. 단지 최장훈이 데려오려는 인물을 자신이 컨트롤할 수 있을지 걱정되었다. 워낙 가요계에 안 좋은 소문이 자자했기에.

그때, 옥탑 사무실 문 앞에서 시끄럽게 떠드는 소리가 들렸다.

"네가 먼저 들어가! 주먹은 왜 내미는 겨! 뭐여? 나랑 가위바위보라도 하자는 겨?"

김 대표는 밖에서 들리는 소리에 웃고 있는 최 팀장을 보고 민망한지 이를 꽉 깨물었다.

"저놈들을… 하하! 야, 밖에서 뭐 해?"

김 대표의 옥탑 사무실에 들어서면서도 누가 먼저 갈 것인지 티격태격하고 있었다.

"대식이 이 자식아! 너 자꾸 윤후한테 이상한 거 알려줄래?"

"제가 뭘유."

"지금도 이상하잖아! 저러는 애가 아닌데!"

"저놈 원래 저랬는디유? 대표님이 몰라서 그려유. 지금까지 순진한 척, 아무것도 모르는 척 그랬을지도 몰라유. 저, 저 봐유! 지금도 비웃는 거 보셨쥬?"

"아닌데요."

김 대표는 시끄럽게 떠드는 대식의 발끝을 툭 치고 입을 열었다.

"인사나 드려. DY 최 팀장님이시다."

대식과 윤후는 불꽃 축제에서의 대면이 썩 기분 좋은 대면이 아니었기에 형식적으로 인사를 건넸고, 최장훈 역시 둘이 그럴 것이라 생각했기에 먼저 입을 열었다.

"또 뵙네요. 그때는 실례가 많았습니다."

"뭐, 매니저님이 실례했나유. 그 싸가지가 그랬쥬."

최장훈이 어색하게 미소를 지을 때, 윤후는 탁자 위에 놓인 서류를 쳐다봤다. 김 대표가 보다 말았기에 펼쳐져 있는 서류를 보던 윤후는 고개를 끄덕거렸다.

"그 목소리가 이 사람이었구나?"

"무슨 소리야? 아는 사람이야?"

윤후가 기억하는 원래의 플라이 목소리는 탁자 위 서류에 적혀 있는 제이였다. 윤후는 내심 놀랐다. 제이가 성대 수술를 한 것까진 모르지만, 드럼도 수준급에다 기억하기로는 노래도 상당히 잘했다.

"이 사람이 플라이 원래 보컬이었어요?"

"하하, 맞아. 플라이 노래 알고 있니?"

윤후가 플라이의 곡을 말하려는 찰나, 아직 같은 소속이 아니기에 보여봐야 좋을 것이 없다고 판단한 김 대표가 말을 끊고 들어왔다.

"얘 노래 잘해?"

"네."

"자세히 좀 말해봐."

"잘해요."

자세히 말해보라는 김 대표의 눈빛에 윤후는 이마를 긁적이며 대수롭지 않게 말했다.

"저 록 배울 때 플라이 노래로 배웠어요. 이 사람이 보컬이었을 때."

"뭐? 그럼 대박이잖아! 하하!"

"보컬을 바꾼 데에는 이유가 있겠죠."

아직 어린 윤후이지만 김 대표에게 있어서 윤후는 그 누구보다 음악을 잘 아는 사람이었고, 실제로 봐왔기에 그의 말은 절대적이었다. 대답을 해보라는 듯이 최장훈을 쳐다보자 최장훈이 씁쓸한 미소와 함께 입을 열었다.

"맞습니다. 성대를 조금 다쳤습니다."

"저런, 얼마나… 다쳤길래……."

"종양 때문에 부득이하게 수술을 했습니다. 저음은 예전처럼 가능합니다. 아니, 연습 덕분에 더 단단해졌다고 할까요? 그런데 고음은 수술 후부터 올라가지 않더군요."

"흠."

윤후는 순간 얼굴을 찡그렸다. 저음이 단단해졌다는 말에 머릿속에 마치 영화처럼 백수 아저씨가 한 말이 차르르 스쳐 지나갔다.

"이 사람이 도입부 부르고 네가 지르면 굉장할 거 같은데? 이건 연습으로 되는 게 아니거든. 그냥 타고난 거야. 목소리 울림이 있으면서도 콘크리트처럼 탄탄해. 그 목소리로 작업하고 너의 화려하면서도 포근한 목소리로 집을 짓는 거지. 나중에 만나게 되면 꼭 해봐. 상상만 해도 두근거린다. 맞다. 너 그 이상한 성격 고치려면 아예 밴드를 하는 건 어때? 하하하!"

윤후는 그 때문인지 멍해 있었다.

"인마, 뭐 해? 말하다 말고."

김 대표의 말에 윤후는 천천히 고개를 돌렸다.

그러고는 입을 열었다.

"이 사람이랑 노래해 보고 싶어요."

*   *   *

라온 엔터의 옥탑 사무실에 있던 김 대표는 윤후의 모습에 굉장히 놀라워하고 있었다. 김 대표뿐만이 아니라 직원들 역시 처음 보는 모습인 탓에 곤란한 얼굴들이었지만, 쉽게 결정할 수 있는 부분이 아니었다.

"리스크가 너무 크다고 생각합니다. 이미지도 좋지 않을뿐더러 이미 떨어진 별인데 다시 붙이기가 쉽지 않을 겁니다."

"저도 그렇게 생각해요. 지금 회사 이미지도 한창 좋은데 자칫 잘못해서 문제라도 생긴다면 회사 이미지에 타격이 있을 것 같아요. 게다가 윤후에게까지 불똥이 튈 수도 있는 문제라서 그다지 끌리는 제안은 아니네요."

"난 괜찮을 거 같은데. 내가 대표님 밑에서 일하게 된 이유가 이것저것 다 떠나서 음악을 하고 싶어 하는 친구들을 제대로 하게 해주고 싶어서였거든. 다들 최장훈 씨가 준비해 온 서류 봤잖아? 내가 보기에는 끊임없이 음악을 쉬지 않고 하고 있는 모습이던데."

김 대표는 제이의 영입에 관한 회의에 윤후를 참석시켰다. 이종락을 제외한 나머지 사람들은 반대했고, 김 대표는 초지 일관 같은 자세로 있는 윤후를 보며 물었다.

"다들 이렇게 반대하는데 넌 왜 그렇게 같이하고 싶어 해?"

"……."

"너도 만나봤고 그 팀하고 다투기도 할 뻔했다며. 그리고 지금 회사에서 누구 영입할 시기도 아니야. 너도 지금 활동 중이고, FIF 아이들도 곧 데뷔시켜야 하잖아. 지금도 회사 입장에서는 충분히 무리하고 있는 중이고. 게다가 노래를 하고 싶으면 한 곡 정도만 같이 작업해도 괜찮잖아?"

윤후는 김 대표의 말에 옥탑 사무실에 있는 사람들을 주욱 훑어봤다. 지금까지 음악이 아닌 다른 부분에서 자신의 의견을 강하게 어필한 적이 없었기에 다들 놀라고 있는 모습이 눈에 들어왔다. 사람들의 우려와 달리 윤후는 자신에게 튈 불똥 따위는 걱정되지 않았다. 다만 백수 아저씨가 말한 것이 신경 쓰였다. 제이가 노래를 부르지 못하는 것을 이미 알고 있었다는 것처럼 한 말이 궁금했고, 그 사람을 만나봐야 실마리가 풀릴 것 같았다. 그리고 무엇보다 그 사람과 함께 노래 부르는 모습을 생각하면 백수 아저씨의 말처럼 가슴이 두근거렸다. 실패할 것 같지 않았다.

"같이하고 싶어요."

"차라리 다른 사람들하고 작업하지 그래. 러브 콜 엄청 들어오는데."

"그분하고 할게요."

윤후는 반대하는 사람들과 차근차근 눈을 맞추곤 입을 열었다.

"제가 그분도 맡을게요. 반드시 1등 하게 만들어놓을게요. 부탁드려요."

옥탑 사무실에 있는 사람들이 모두 놀랐다. 항상 자신의 의견을 내놓지 않는 윤후가 자신감 있는 말도 부족해 고개를 숙여 부탁하고 있었다.

"알았어. 일단 가봐. 우리끼리 회의 좀 할게. 나가보라니까! 야?"

끝까지 대답을 들으려고 하는 윤후의 모습에 다들 피식 웃었다. 가끔씩 고집을 부리는 모습을 지금 보이고 있었다.

*　　　　*　　　　*

제이는 좁은 오피스텔에서 휴대폰에 올라온 기사들을 확인했다.

〈밴드 플라이, 새 멤버 영입. 기존과 동일한 4인조 컴백〉
〈문제아 밴드라는 이미지 벗고 싶어요! 플라이의 새로운 다짐〉
〈플라이의 제이, 소속사와 결별. 가요계의 '악동' 사라지나?〉

이미 통보를 받았고 동의했기에 알고 있는 내용이었다. 단
지 이런 식으로 기사가 나갈 줄은 몰랐다.

대부분 남아 있는 멤버들을 응원하는 기사였고, 그동안 있
던 일은 자신이 문제였다는 듯이 말하는 기사가 대부분이었
다.

"기사 그만 보고 나가자."

"어딜?"

"언제까지 여기 있을 수는 없잖아. 집 청소하시는 분들 불
러서 청소해 놨어. 준비해라."

최장훈의 오피스텔에서 머물고 있는 제이였다. 숙소 생활을
했기에 오랫동안 비워져 있던 집이다. 그다지 가고 싶지는 않
았지만.

"빨리 준비해라. 너 데려다주고 갈 곳 있으니까."

제이는 최장훈이 자신과 함께하려 한다는 것을 알고 있기
에 씁쓸하게 웃었다. 기획사에서 서로 데려가고 싶어 하는 것

을 알고 있었고, DY에서도 끝까지 붙잡은 것도 알고 있었다. 그런 사람이 자신 때문에 고생하는 것처럼 보였다.

"…형."

오랜만에 듣는 형이라는 소리가 어색한지 최장훈은 대답하지 않고 고개를 돌려 쳐다봤다.

"난 괜찮아. 세션으로 먹고살아도 충분해. 그것도 음악이잖아?"

"쓸데없는 소리 하지 말고 준비나 해라."

"형 찾는 곳 가. 괜히 나 때문에 고생하지 말고."

최장훈이 들고 있던 커피 잔을 내려놓고 제이에게 말을 하려 할 때, 최장훈의 전화가 울렸다.

"네, 알겠습니다."

최장훈은 통화를 하며 일어나 주섬주섬 준비하는 제이를 쳐다봤다.

"그럼 준비해서 내일 오후에 찾아뵙도록 하겠습니다."

제이는 자신 때문에 굽히지 않아도 될 사람이 굽히는 것만 같아 마음이 불편했다. 이리저리 불림을 당하는 모습을 보며 모자를 눌러썼다.

"성재야, 미안한데 집은 천천히 가야겠다."

"그래, 나 걱정하지 말고 다녀와."

제이가 모자를 벗자 최장훈이 다시 모자를 씌우며 말했다.

"같이 나가야 된다."

"어디 가려고?"

"지저분한 머리도 정리해야지."

최장훈은 머리를 만지고 있는 제이를 보며 미소 지었다.

"새로운 대표님한테 잘 보여야지."

*　　　　　*　　　　　*

계약서를 앞에 두고 있는 제이는 최장훈을 쳐다봤다. 고개를 끄덕거리는 최장훈의 말이 틀릴 리 없지만 이런 계약 내용은 지금까지 본 적이 없었다. 오랜 연예계 생활을 하면서 1년마다 계약하는 회사는 듣도 보도 못했고, 계약 내용 또한 자신에게 유리한 것이 대부분이었다. 그럴 리는 없겠지만, 자신이 잘 풀려서 다시 인기를 얻은 뒤 다른 회사로 가버려도 아무런 문제가 없는 내용이었다. 그렇기에 지금 자신이 사기를 당하고 있는 것은 아닐까 하는 생각도 들었다.

최장훈 역시 처음 계약 내용을 봤을 때 의심했기에 제이의 모습을 충분히 이해하고 있었다. 사기라고 하기에는 회사 소속의 연예인이 상당수 있었고, 그중 현재 최고 음원 강자인 후도 있었다.

"나도 확인했는데 아무런 문제 없었다."

그제야 계약서에 사인을 했고, 드디어 라온의 식구가 되었다.

"하하, 일단 내려가서 인사부터 하자고."

제이는 무슨 인사를 한다는 것인지 몰라 고개를 갸우뚱거렸다. 상당히 오래 생활한 DY에서조차 모르는 사람투성이었고, 자신의 팀 말고는 인사를 나눠본 적이 없기에 설마 직원들이라고는 생각도 못 했다.

제이는 사기꾼 같은 김 대표를 따라 계단을 내려가면서 경계심을 풀지 않았고, 그런 제이를 본 최장훈이 등을 쓰다듬었다.

"걱정 마라."

계단을 따라 내려가 처음 인사를 하게 된 제이는 어처구니없는 상황에 다시 최장훈을 쳐다봤다. 최장훈 역시도 제이와 마찬가지 얼굴이었다.

"어르신, 이 친구들, 저희랑 같은 식구 됐습니다."

"하하, 반가워요. 잘 부탁드립니다."

"네? 네……"

처음 인사를 나누게 된 사람이 경비일 줄은 꿈에도 생각못 했기에 김 대표가 더욱 사기꾼처럼 보였다. 경비실을 지나갈 때, 건물 입구에서부터 뛰어오는 여자들이 보였다.

"대표님, 우리 언니 저녁으로 샐러드 세 통 먹었대요."

"보희랑 나눠 먹었어요."

"뛰지 마라, 얘들아!"

제이는 자기들끼리 신나게 떠들면서 김 대표의 부름에도 뛰어 내려가는 여자들의 모습을 멍하니 쳐다봤다.

"쟤들은 이번에 데뷔하는 애들인데 저렇게 정신이 없어. 나중에 인사해라."

"네……."

제이는 회사를 보면 볼수록 최장훈이 무언가 잘못 알고 온 것 같았다. 그때, 김 대표가 1층 사무실 문을 열었다.

"자, 인사들 해. 여기 오늘부터 우리 식구가 된 제이, 그리고 이 친구는 어제 봤지? 우리랑 함께 일할 사람."

"반가워요. 앞으로 잘 지내봐요."

처음 보는 사람들이지만 이 사람들을 보니 그나마 기획사가 맞구나 하는 생각이 들었다. 예전 DY에 있을 때, 회사에 가끔 들른 당시 본 사람들의 낯빛과 비슷했다. 거무죽죽한 얼굴들을 보니 그나마 안심이 됐다. 그때 밖에서 다투는 소리가 들렸다.

"야, 인마! 너 왜 또 그런 겨? 항의 들어오면 다 너 때문이여! 이번에는 확실히 짚고 넘어가는 겨!"

"하하, 오빠, 재밌었잖아. 그만해. 쟤 봐. 듣고 있지도 않잖아."

밖에서 들리는 소리에 김 대표가 사무실 문을 열었다.

"왜 또 오자마자 싸워? 방송에서 또 사고 쳤어?"

"아니에요."

"아니긴 뭐가 아니여. 방송 끝나고 방송국 대문 나서는디 정문 앞에 팬 애들이 타월을 흔들고 있더라구유. 근디 이놈이 창문을 내리고 인사한다고 그랬거덩유?"

"그게 뭐가 잘못이야? 잘했네."

"아니유! 그 애들이 오늘 방청 못 들어갔다고 우는 소리를 하니 이놈이 창문을 내리고 노래 불렀슈! 그것도 완곡으로 말이유! 워매, 사람 몰리고 난리도 아니었어유."

제이의 눈에 매니저가 윽박지르는 모습에도 전혀 개의치 않는 듯 서 있는 낯익은 얼굴이 보였다. 준의 잘못이기는 했지만 어떻게 보면 지금 이곳에 자신이 있도록 만든 사람이다. 그 얼굴을 보자 자신에게 일어난 일 때문에 잠시 잊고 있던 윤후의 모습이 떠올랐다. 지금 짓고 있는 표정으로 무대에서 아무렇지도 않게 기타를 만지던 충격적인 모습이.

제이는 자신도 모르게 손을 들어 윤후를 가리켰다.

"후."

윤후 역시 제이의 눈을 마주 봤다. 비록 실제로 만난 당시에는 제이와 별다른 대화 없이 스쳐 지나갔지만, 같이 노래를 부를 생각에 가슴이 두근거렸다. 백수 아저씨가 말한 대로 꿩

장할지. 한참 동안 아무 말도 없이 눈을 맞추고 서 있었다. 그 두 사람을 본 김 대표가 피식 웃으면서 입을 열었다.

"잘됐네. 윤후 너, 지하 내려가기 전에 제이한테 회사 소개 좀 해줘."

"제가 갈게유. 윤후가 뭔 말이나 하겠어유?"

"넌 오늘 뛴 스케줄이나 사무실에 빨리 넘겨줘. 종락이가 너 늦게 온다고 뭐라 하더라."

"워매, 이게 다 윤후 때문인디……."

*　　　　*　　　　*

윤후는 제이의 목소리를 확인해 보고 싶은 마음에 회사 소개를 대충대충 하고 있었다.

"옥상은 쉬는 곳이에요. 3층은 피곤할 때 잠자는 곳이고요."

얼른 2층 연습실로 내려가 확인해 보고 싶은 마음에 문도 열어보지 않고 설명하며 빠르게 지나가고 있었다. 그때, 뒤에서 자신을 부르는 제이의 목소리가 들렸다.

"…저기 말이야."

"네?"

"…그때는 미안했다."

"네."

"그래, 네가 아직 화난 거 이해해. 해서는 안 될 짓까지 했는데 쉽게 용서하기는 힘들 거라고 생각한다. 네가 어떻게 받아들일지는 모르겠지만 진심이다. 미안하다."

불꽃 축제 당시 준의 일을 사과하는 것을 알았지만, 그 일을 계속해서 사과하는 제이의 모습에 윤후는 한숨을 내쉬었다. 급한 마음에 평소처럼 한 대답 때문에 오해를 하고 있다는 생각이 들었다. 윤후는 최대한 친절하게 입을 열었다.

"네, 괜찮아요."

굉장히 친절하게 대답했다고 생각한 윤후는 드디어 제이의 노래를 들어볼 수 있는 2층 연습실에 도착했다. 제대로 된 녹음 시설도 없었지만 회사 내에서는 그나마 괜찮은 장소였다.

"여기는 작업실이고요, 이리 오세요."

김 대표가 윤후의 이름을 붙여놓은 작업실이다. 작업실 안에는 아무런 악기도 없었고 흔한 컴퓨터조차 없었다. 덩그러니 놓여 있는 의자가 전부였기에 들어오긴 했지만, 막상 어떻게 시작해야 할지 난감했다.

한편, 제이는 다른 곳은 말로만 대충 설명하더니 아무것도 없는 이곳을 작업실이라고 소개하는 윤후를 쳐다봤다. 두리번거리는 행동 자체는 당황하고 있는 것처럼 보이는데, 표정은 행동과 반대로 무표정했다. 어두컴컴한 작업실에 이러고 있으니 을씨년스럽다고 해야 할까. 뭔가 부자연스러워 보였다. 지금만 봐도 고개는 벽을 보고 있지만 손은 기타를 치는 시늉을 하고 있었다. 그에 제이는 이 어색함을 깨기 위해 어떠한 말이라도 일단 꺼내려 했다.

"저기요."

"아, 깜짝이야!"

"……."

깜짝 놀라는 제이 때문에 다시 정적이 흘렀고, 윤후가 다시 조심스럽게 정적을 깼다.

"저기요, 선배님."

"어, 왜?"

"저랑 노래하실래요?"

제이는 앞에서 무표정으로 건네는 윤후의 말에 얼굴을 찡그렸다. 윤후의 노래를 안 들어봤으면 모를까 이미 외우고 있는 곡도 있었기에 자신을 놀리는 것인지 얼굴을 살펴봤지만, 전혀 알 수 없었다. 눈을 피하지도 않고 똑바로 쳐다보며 대답을 기다리는 모습에 고개를 저으며 말했다.

"나 이제 노래 안 한다."

확실히 이상한 놈이었다. 다른 사람들은 노래를 안 한다고 하면 이유를 묻는데, 그런 것 없이 눈을 마주치며 고개를 흔들기도 하고 고개를 끄덕거리기도 했다. 멈출 것 같지 않은 그

행동에 제이는 피식 웃으며 말했다.

"뭐 하는 거야? 소개할 곳 끝났으면 가자."

"일단 들어보실래요?"

제이는 눈을 맞추며 자신이 할 말만 하는 윤후를 쳐다봤다. 장난이라고 느껴지지 않는 진지한 모습에 고개를 갸웃거렸다. 그저 노래를 불러보겠냐는 뜻인 줄 알았건만 윤후의 말은 그런 것이 아닌 것 같았다. 아니나 다를까, 윤후는 자신의 휴대폰을 내밀었고, 휴대폰을 받아 든 제이는 고개를 갸웃거리며 물었다.

"어떤 거 들어보면 돼?"

"이거 다요."

"스무 곡이 넘는 것 같은데… 이거 누구 노래인데?"

"제가 예전에 만든 거예요."

제이는 고개를 들어 윤후를 보고는 놀란 듯 혀를 살짝 내밀었다. 고음이 상당히 많은 윤후의 곡은 이번이라고 별다를 것 없을 터였다. 그렇지만 윤후가 만든 곡이라는 말에 궁금하기는 했다. 그래서 들어나 보자는 생각으로 제일 위에 있는 목록을 재생시켰다.

낮게 깔리는 베이스를 시작으로 곧이어 드럼이 치고 들어왔다. 그리고 평소와 다른 윤후의 목소리가 들렸다. 밑으로 쫙 깐 목소리는 이상하게 예전 자신의 목소리와 비슷하게 들렸다. 듣다 보니 밴딩 처리까지 자신과 비슷하게 하고 있었다. 그리고 잠시 뒤 원래 윤후의 목소리인 듯한 노래가 들리자 제이는 음악을 멈췄다. 그러고는 윤후를 가만히 쳐다보며 물었다.

"노래하자고 말한 게 너랑 듀엣하자는 거였어?"

"네."

당연한 말을 묻느냐는 듯이 빠르게 대답하는 윤후의 모습에 제이는 허탈하게 웃고 말았다.

Chapter 7
별거 아닌 걸 가지고

　1층 사무실에 단 한 명이 추가되었을 뿐인데 분위기가 달라져 있었다. 김 대표는 정리된 사무실의 차분한 분위기가 신기한 듯 지시를 내리는 최 팀장을 쳐다봤다. 주먹구구식이 아닌, 제대로 방향을 제시하는 최 팀장을 보니 확실히 경험이란 것이 중요하다는 것을 새삼 깨달았다.

　"이건 뭐죠?"

　"그거 내일모레 사전 녹화할 때 팬들한테 나눠 주려고 제작한 건데요."

　윤후의 앨범 사진이 인쇄되어 있는 천을 들어 올린 최 팀장은 이리저리 둘러보더니 내려놓았다.

"좋네요. 그래도 이건 더 이상 주문하지 마세요. 비용 자체가 말이 안 돼요. 슬로건은 무조건 부직포로 합니다. 업체 번호 저장해 두세요. 그리고 이건 이번 녹화 때 추첨으로 사용하는 걸로 하죠. 한 번에 열 장 정도가 적당하겠어요."

"그거… 대표님이 그렇게 하라고……."

김 대표는 자신을 쳐다보는 최장훈을 보며 일어섰다.

"어떻게 할까요?"

"비용 문제 때문이라면 그대로 해. 부직포는 들고 흔들면 찢어지잖아. 기껏 그거 받아가려고 하루 종일 기다리는데 기왕 줄 거면 좋은 걸로 주자."

"그렇게 하겠습니다."

최장훈 역시 김 대표가 신기한지 자리로 돌아가는 뒷모습을 쳐다봤다. 아무리 봐도 기획사를 이끌어가기에 적당해 보이는 사람은 아니었다. 그동안 봐온 사람들은 조금이라도 비용을 최소화하고 팬들을 이용하려 했는데 김 대표는 그 사람들과 달랐다. 이윤을 추구하는 회사가 아닌, 진심으로 팬들을 위하고 있었다.

"그런데 또 그거 USB처럼 막 200만 원에 팔리고 그러는 건 아니겠지? 그럼 배 아픈데… 따로 챙겨놓을까? 그래, 기분이다! 두 장씩 챙겨놔!"

"이야, 대표님 최고! 아니, 근데 왜 두 장씩이라면서 대표님은 세 장이에요?"

"난 대표잖아!"

이상한 회사였다. 전혀 대표라는 사람을 어려워하지 않았고, 대표라는 사람도 권위 의식 따위는 찾아볼 수가 없었다. 위계질서가 잡혀 있는 느낌이 아닌, 좋아하는 일을 같이하는 동료라는 느낌에 자신도 모르게 웃어버렸다. 이런 사람들이라면 윤후뿐만이 아니라 다른 가수들을 대함에 있어서도 마찬가지일 것이다. 그때, 아니나 다를까, 자신의 생각이 맞음을 확인해 주는 소리가 들렸다.

"실장님, 대표님, 대식 실장님 어디 계세요?"

"지하에 없어?"

"없어요."

"대식이는 왜 찾아?"

"후 오빠 스케줄 안 잡아요? 하루 종일 뒤에서 이상한 아저씨랑 쿵쾅거리고 있어요."

연습생조차도 회사의 사무실을 들락거렸고, 거기다가 대표를 어려워하지도 않았다. 비록 회사가 체계적인 모습은 아니지만, 이것도 나름대로 재미있을 것이란 생각을 하며 김 대표를 따라 걸음을 옮겼다.

　　　　*　　　　　*　　　　　*

　지하 연습실 지정석에 앉아 있는 윤후의 옆에는 제이가 있었다. 이어폰을 나눠 낀 제이는 음악을 듣다 말고 고개를 저었다. 그럼 윤후는 고개를 끄덕이며 다음 곡을 재생시키는 행동을 반복했다.

　"곡은 욕심나는데 아무리 들어도 나한테는 무리 같다."

　"왜요?"

　"너한테는 낮아도 지금 나한테는 무리야. 난 이제 보컬도 아닌데 도대체 왜 나하고 하려는 거냐? 이유나 좀 묻자."

　"좋을 거 같아서요."

　"아니, 그 대답은 이미 들었고, 그거 말고 진짜 이유 말이야."

　"정말 좋을 것 같아서."

　제이는 지금의 대화가 전혀 만족스럽지 못했지만, 다른 사람들과 하는 이상한 대화를 들어봤기에 윤후가 지금 자신에게 충분히 설명하고 있음을 알 수 있었다.

　"전체적으로 낮춰봐. 그럼 불러볼게."

　"안 돼요."

　"그건 또 왜 안 돼?"

　"이미 낮춘 거라서 더 낮추면 죽어요."

"그래? 느낌이 죽는다고?"

"여기 원곡이요."

윤후가 재생시킨 곡이 끼고 있는 이어폰으로 흘러나왔다. 곡이 끝날 때까지 아무 말도 안 하던 제이는 이어폰 선을 잡아당겨 뺐다.

"아, 이거 진짜 이상한 놈이네! 야, 인마, 혼자서 부르지 왜 이런 곡을 나랑 하려는 거야?"

"좋을 거 같아서요."

"아, 미치겠네!"

소리가 높아지는 줄도 모르고 윤후에게 말할 때, 연습실 문이 열리며 김 대표와 최장훈이 들어왔다.

"너희 둘 왜 그러냐?"

제이는 아직 김 대표가 어려운지 윤후를 손가락질하며 최장훈에게 말했다.

"형, 이 자식 이거 완전 똘아이야."

"유성재, 말조심해라."

"아니, 그게 아니라… 이 자식, 아니, 이 친구 이상하다니까?"

"왜 그러는데?"

둘의 대화에 김 대표는 또 무슨 짓을 했냐는 얼굴로 윤후를 쳐다봤고, 윤후는 그저 멀뚱히 쳐다볼 뿐이었다.

"후, 그거 들려줘."

최장훈과 김 대표는 제이의 말대로 윤후의 휴대폰에 담긴 곡을 들었다. 김 대표는 이미 알고 있었기에 웃을 뿐이고, 최장훈은 얼굴을 씰룩거렸다. A&R 팀을 맡은 적은 없지만 연예계에 꽤 오랫동안 발을 담고 있었기에 듣는 귀는 있었다. 지금 들리는 곡은 할 말을 잃게 만들었다.

"하하, 뭘 이런 걸로 놀라. 우리 윤후가 곡 좀 잘 쓰지?"

"이, 이게… 뭡니까?"

"하하, 뭐기는. 그거 윤후가 대충 끄적거린 거야. 그 정도야 휴지에 흥 해서 킁 풀면 나오는 수준이지, 뭐."

"대충 쓴 거 아닌데요?"

김 대표는 윤후의 등을 두드리려 했지만, 대충 썼다는 말이 싫은 윤후는 김 대표의 손길을 피했다. 최장훈은 그런 모습을 보며 뒷목을 쓸어 올렸다. 지금까지 낸 곡만 해도 상당했는데 그런 곡이 휴대폰에 가득했다. 지금 한창 잘나가는 '스마일'과 전혀 다른 장르임에도 오랫동안 록을 한 사람 같은 느낌이 들었다.

최장훈은 지금도 윤후를 보며 펄펄 뛰고 있는 제이를 쳐다봤다. 자신이 끝까지 책임지겠다고 다짐한 제이가 지금은 이상하게 작아 보였다. 누군가에게 저렇게 자신을 드러내는 녀석이 아닌데, 자신이 들은 곡이 어느 정도인지 들떠서 설명하는 모습이다. 이상하게 작아 보이는 제이를 쳐다보고 있던 최장훈은 고개를 돌려 옆에 있는 후를 함께 담아냈다. 그제야 빛이 나는 것처럼 보였다. 최장훈은 자신이 잘못 봤다고 생각하며 고개를 흔들곤 미소를 지으며 제이에게 말했다.

"너도 네 곡 들려줬어? 너도 듀엣곡 있잖아."

순간 그 어느 때보다 빠르게 고개가 돌아간 윤후였다. 곡을 썼다면 자신의 음역대를 염두에 두고 썼을 것이다. 윤후는 제이를 향해 손을 뻗었다.

"뭐, 어쩌라고?"

"들려주세요."

"없어. 아, 이거 왜 이래, 없다니까? 대표님, 얘 좀 어떻게 해주세요."

"하하, 난 걔 못 당해."

들려줄 때까지 손을 내밀고 있을 것 같은 윤후의 모습에 제이는 졌다는 듯 손을 치우며 말했다.

"내일 가져올게. 그냥 작곡 노트니까 알아서 보든지. 그리고… 듀엣곡은 아니야."

그제야 윤후는 손을 내렸고, 김 대표는 윤후와 제이를 데리고 올라갔다.

＊   ＊   ＊

숙소 침대에 누워 있던 플라이의 준은 벌떡 일어났다. 방문을 벌컥 열고는 거실 소파에 누워 있는 멤버들을 보며 말했다.

"제이, 라온에 들어간 거 알았어?"

"그래? 받아주기는 했나 보네. 거기 간다고 뭐 달라질 것도 없는데 뭘 그렇게 놀라?"

"아니야. 너희들도 알고 있나 해서."

다시 방으로 들어온 준은 침대에 누웠다. 숙소에서 나간 모습이 끝이길 바랐는데 기어코 다른 회사에 들어가 자신의 속을 타게 만드는 제이였다. 그동안 자신이 저지른 일들을 덮어주었을 당시는 고맙게 생각했는데, 시간이 지나고 인기가 점점 올라가면서 잃을 것들이 생기자 자신의 치부를 언제 터뜨릴지 모르는 시한폭탄처럼 느껴졌다.

〈후의 적극적인 구애로 같은 둥지를 튼 제이. 그의 행보가 기대된다 — 이주희〉

"뭐가 기대된다는 거야? 이제 노래도 못 부르는 놈인데."

몇 개의 기사뿐이었지만 불안한 마음이 커져갔다. 계속 휴대폰만 만지고 있던 준은 한참을 고민 끝에 입술을 깨물고는 어디론가 전화를 걸었다.

*　　　　　*　　　　　*

음악 방송의 스케줄만 소화하고 있는 윤후는 생방송을 마치고 차에 올라타려 했다. 그런데 방송 때까지는 평소와 같던 대식과 미정의 분위기가 조금 변해 있었다. 전처럼 자신이 무슨 실수를 저지른 것은 아닐까 생각했다. 하지만 인터뷰를 한 적도 없고 PD에게 부름을 받은 일도 없었다. 아무런 말도 없는 대식을 보던 윤후는 고개를 갸우뚱거리며 입을 열었다.

"잘못했다고 그래야 해요?"

"아니여. 후야, 오늘 집에 바로 못 가겠는디? 대표님이 회사로 오라고 혀서 회사 갔다가 집에 가는 게 좋겠어."

"왜요?"

"하, 너 말이여, 혹시 하는 말인디… 불꽃 축제 때 말이여, 네 기타 누가 건드린 거 같지는 않은 겨?"

윤후는 가만히 생각해 보고는 입을 열었다.

"그런가? 잘 모르겠는데요."

"뭐여? 왜 그걸 몰러?"

"맞는 거 같기도 하고 아닌 거 같기도 하고 그래요."

대식은 전혀 신경 쓰는 것 같지 않은 윤후의 모습에 어이가 없다는 듯 고개를 저었다.

"대표님한티 전화 왔는디, 아까 회사로 전화가 왔다고 허더라고."

"무슨 전화요?"

"제이가 축제 때 네 기타에 장난질을 혔는데 그런 사람이랑 같이 헐 거냐고."

"그래요?"

"넌 그거에 대해서 워뜨케 생각혀?"

대수롭지 않게 여긴 윤후는 곰곰이 생각하다가 입을 열었다.

"직접 들어봐야죠. 다른 사람이 그랬다면서요."

"그려?"

"제 스캔들 났을 때도 다 거짓말이었잖아요. 직접 들어볼게요."

"허… 참."

대식은 백미러로 윤후를 살펴보고는 피식 웃었다. 그런 말을 들었으면 의심이라도 할 만한데 윤후는 궁금해하지도 않는 얼굴이었다.

*　　　　*　　　　*

최 팀장은 사무실에 벌써 마련된 자신의 자리에 앉아 손가락으로 책상을 두드렸다. 다른 사람의 악기를 건드리는 짓을 제이가 했을 리가 없다는 것은 알고 있지만, 그동안의 이미지가 있어서인지 걱정이 가시질 않았다.

"최 팀장님, 올라가 보셔야겠어요. 대표님이 찾으세요."

"네, 알겠습니다."

이미 김 대표와 옥탑 사무실에 먼저 올라가 있는 제이가 걱정되는 마음에 최장훈은 급하게 걸음을 옮겼다. 그때, 뒷문과 연결된 주차장에서 들어오는 윤후가 보였다. 얘기를 들어 알고 있을 터인데 자신을 보며 꾸벅 고개 숙여 인사를 하는 윤후였다.

"수고했어. 대표님한테 가는 거지?"

"네."

"그래, 가자."

대화도 없이 무거운 발을 옮겼고, 옥상 문을 열었다. 어두운 옥상을 비추는 정자의 불빛 아래에는 하얀 연기를 내뿜는 김 대표만이 자리하고 있었다. 김 대표가 내뿜는 담배 연기가 흩어지는 모습을 본 최장훈은 불안해하며 제이를 찾기 시작했다. 그때, 뒤에서 따라 올라오던 윤후가 터벅터벅 김 대표에게 걸어갔다.

"제이 선배님은요?"

김 대표는 오자마자 제이를 찾는 윤후를 가만히 쳐다보고
는 한숨을 내뱉었다. 해결해야 하는 일이었고 당사자끼리 이
야기 역시 필요했기에 김 대표는 무거운 얼굴을 하고 입을 열
었다.

"들어가자."

모두가 문을 열고 들어가자 사무실에 소파에 앉아 고개를
숙이고 있는 제이가 보였다. 최 팀장은 터벅터벅 걸어가 제이
의 앞에 앉았다.

"너… 정말 후 기타 건드린 거 아니지?"

"……."

"왜 말을 안 해? 네가 그랬을 리가 없잖아. 그럴 이유도 없
고."

김 대표도 아직 얘기를 듣지 못했는지 차가운 얼굴로 팔짱
을 낀 채 지켜보고 있었고, 대식은 붉어진 얼굴로 주먹을 꽉
쥐고 있었다. 다들 당사자인 윤후가 옆에 있기에 꾹 참고 있
을 뿐 다른 말을 꺼내지는 않았다. 그때 윤후가 터벅터벅 걸
어가 제이의 맞은편에 앉았다.

"안녕하세요."

대뜸 인사부터 하는 윤후의 모습에 제이는 고개를 들어 윤
후를 쳐다봤다. 같은 멤버이던 준이 자신을 향한 반발심으로
윤후의 기타를 만진 것을 알고 있다. 하지만 폭행으로 나쁜

이미지가 굳어진 자신이 아니라고 해도 쉽게 믿어줄 것 같지 않았다. 그렇기에 어떻게 말을 꺼내야 할지 몰랐다. 고민스럽게 윤후를 쳐다볼 때, 윤후가 먼저 입을 열었다.

"제 기타 손대셨어요?"

"아니……"

"네."

윤후는 다 해결됐다는 얼굴로 김 대표를 쳐다봤다.

"아니래요."

"뭐가 아니야, 인마?"

아직 만족하지 못한 김 대표의 모습에 윤후는 코를 긁적이고는 제이에게 질문했다.

"그럼 누가 건드렸어요?"

"……"

"그 사람이죠? 키 작고 보컬이던 사람."

"…그래도 미안하게 생각하고 있어."

최 팀장은 도대체 왜 준이 제이를 가만히 내버려 두지 않는지 이유를 생각했고, 김 대표는 아직까지는 믿기 어려운지 제이를 살피고 있었다.

윤후는 이제 다 됐다는 듯 고개를 끄덕이고는 제이를 향해 손을 내밀었다. 제이는 윤후가 내민 손의 의미를 몰랐기에 당황했다.

"가져오셨어요?"

"…응?"

"작곡 노트 오늘 보여주신다고 했잖아요."

갑자기 작곡 노트 얘기를 꺼내는 윤후의 모습에 뒤에서 지켜보던 사람들은 기가 찬지 허탈한 웃음을 내뱉었다. 여전히 손을 올리고 있는 윤후의 모습에 제이 역시도 어색하게 웃었다.

"미안. 오늘 급하게 오느라 못 가져왔어."

제이의 말에 무표정이던 윤후가 드디어 얼굴을 찡그렸다.

*   *   *

하루 종일 기대하고 있었기에 윤후의 실망감은 컸다. 누군가 기타를 만진 것은 아무렇지도 않았다. 오히려 그 덕분에 무대 위에서 긴장을 풀 수 있었다. 그래서 다들 호들갑인 지금 이 모습이 오히려 윤후를 거슬리게 했다.

"인마, 지금 그게 중요해? 누군지 모르지만 네 기타를 연주하지 못하게 하려고 만졌다는데."

"괜찮아요. 고장 낸 것도 아니고 헤드 몇 개만 살짝 풀어놨던데."

"인마, 네가 못 만질 정도로 고장 냈으면 어쩔 뻔했어?"

"제가요? 저 다 만질 수 있어요. 이것도 제가 만든 건데요."

김 대표는 답답한지 가슴을 쿵쿵 때렸다. 김 대표의 성화 때문인지 윤후는 제이를 한 번 보고는 대수롭지 않게 입을 열었다.

"선배님이 만진 것 같지는 않은데… 그리고 만져도 되는데 고장 내진 마세요. 소중한 기타라서요."

김 대표는 이제 됐느냐고 묻듯이 쳐다보는 윤후의 얼굴에 고개를 돌려 버렸다. 다른 경우 같았으면 윤후의 바람대로 넘어갔을지도 모르지만, 이번 사항은 결코 간과해서는 안 되었다. 무거운 얼굴로 윤후의 옆에 앉아 제이를 쳐다봤다.

"윤후가 용서했다고 해도 이번만큼은 내가 용서가 안 돼. 어떻게 다른 일을 하는 사람도 아니고 같은 음악을 하면서 악기에 손을 댈 수가 있어? 그러니까 솔직히 말해봐. 정말 너 아니지?"

"…네."

"후, 그럼 누군데? 준이라는 놈인가? 그놈이야?"

예전 같았으면 끝까지 준을 감쌌을지도 몰랐다. 하지만 마지막 인사에 받은 차가움 때문인지 제이는 입술을 굳게 다물고 고개를 끄덕였다.

"아니, 뭐 그런 새끼가 다 있어?"

그리고 그때 옥탑 사무실을 노크하는 소리가 들렸다.

"들어와."

김진주가 들어왔고, 우물쭈물하며 김 대표를 쳐다봤다.

"야, 왜 그래? 뭐 하러 왔는데? 바쁘니까 빨리 말해."

"저 대표님, 지금 인터넷에 제이 씨로 추정되는 글이 돌기 시작했는데요."

김 대표는 얼굴을 찡그렸고, 최 팀장은 곧바로 김진주를 향해 물었다.

"기사도 떴습니까?"

"아직요. 금방 뜰 거 같더라고요. 후 님 팬카페에도 그 얘기들이 올라오기 시작했어요."

"네, 금방 내려가겠습니다. 일단 지금부터 계속 각 신문사 연예 면 체크해 주세요. 제이, 후가 직접 언급되는 기사가 있으면 바로 연락해서 기사 내리세요."

"어떻게… 기사를 내려요?"

"내리지 않으면 명예훼손이 아닌 업무방해로 고소한다고 하십쇼. 그래도 내리지 않으면 제가 해결하겠습니다."

최 팀장은 지시를 하고는 어서 내려가라고 김진주를 쳐다봤지만, 김진주는 아직 말이 끝나지 않았는지 고개를 숙이고 있는 제이를 힐끔거리더니 입을 열었다.

"조금 전에 회사 메일 확인하다가 이상한 메일이 보여서요. 제이 씨 관련된 일이거든요. 일단 직접 보시는 게 좋을 것 같아요."

제이와 관련된 메일이라는 말에 모두가 모니터를 보기 위해 모였다. 메일에 쓰인 글씨가 작은 탓에 옹기종기 모여 글을 읽던 사람들은 첨부했다는 파일이 궁금해졌다.

—안녕하세영. 불꽃 축제 때 스태프로 일하다가 후 님에게 빠져서 덥덥이가 된 소녀랍니다. 그때 저희들한테 앨범까지 챙겨주시구 사진도 찍어주시구 너므너므 기뻤어요.

앗! 그거 때문에 메일을 남긴 건 아니고요, 이유는 혹시나 제이 때문에 우리 후 오빠 걱정할까 봐 그날 있었던 일이 담긴 영상을 보내봐용. 도움이 될지는 모르겠지만.

팬카페에 올리려고 했는데 혹시나 고소당하고 그럴까 봐 무서워서……

김 대표는 다들 모여 있음에도 불구하고 아직까지 소파에 앉아 있는 윤후를 보고 물었다.

"윤후야, 너 혹시 불꽃 축제 갔을 때 일하던 애들한테 음반 준 적 있어?"

"네."

김 대표는 메일에 첨부된 파일을 다운받았다. 메일에 쓰인 대로 동영상 파일이었고, 그 파일을 누르자마자 부딪치는 소리와 함께 제이의 목소리가 들렸다. 영상은 약간 어두웠지만 서 있는 사람은 제이였고 얼굴을 감싸고 있는 사람이 멤버라는 것을 알 수 있었다.

ㅡ왜 그랬어?
ㅡ뭐가? 아무 문제 없이 끝났잖아! 그럼 된 거 아니야?
ㅡ하, 너 도대체 어디까지 망가지려고 그래? 얘기해 봐. 뭐가 문제인지.

영상 속의 제이는 무척이나 화가 나 있었다. 그때 멱살을 잡아 몰아붙이는 있는 제이의 입에서 뜻밖의 말이 나왔다.

ㅡ술 처먹고 운전하고, 또 술 처먹고 매니저 때린 것도 모자라서 이젠 다른 사람 악기까지 건드려? 그래, 다른 때는 술이라도 먹었다고 하자. 그런데 오늘은 뭐냐? 넌 음악 하는 사람으로서 자존심도 없어?
ㅡ하, 결국 또 그 얘기 꺼내네. 벌써 5년도 넘었어. 그리고 내가 형한테 덮어달라고 그랬어?
ㅡ…뭐?
ㅡ내가 형한테 대신 책임져 달라고 그랬냐고? 그것 때문에 데뷔 때부터 지금까지 5년이 넘도록 매일 형 눈치 보고, 그리

고 말 나온 김에 말할게. 형도 노래 못하니까 어떻게든 우리한테 붙어 있으려고 다 알아서 뒤집어쓴 거잖아! 아니야? 이럴 줄 알았으면 차라리 처음부터 내가 그랬다고 다 밝힐 걸 그랬어!

준의 말에 제이는 멱살을 내려놓고 고개를 숙였다.

―…붙어 있었다고? 내가 너희들한테 붙어 있었다는 거야?

준 역시 할 말이 없는지 아무 말도 안 하고 노려보고 있었다. 그때, 제이가 고개를 카메라 쪽으로 돌렸다.

―거기 누구야?
―아, 스태프인데요.

그것을 끝으로 영상이 끝났다. 영상이 끝났음에도 사무실에는 긴 침묵만이 흘렀다. 지금까지 언론이고 대중들에게 쌓인 제이의 이미지는 모두 잘못된 것이란 것을 알아버렸다. 김대표는 다시 소파에 앉으며 제이를 부르려 했지만, 최장훈이 시뻘건 얼굴로 제이의 멱살을 잡았다.
"저게 무슨 소리야?"

"…아니야."

"지금 내가 본 내용, 알아들을 수 있도록 똑바로 설명해봐."

"……."

최장훈은 멱살을 놓고 주먹 쥔 손을 부르르 떨었다. 그러고는 제이를 가만히 보며 입을 열었다.

"내 눈 봐. 대답하기 힘들면 하나만 묻자. 혹시 본부장이 시킨 거야? 그것만 얘기해 줘."

"형……."

대답을 하지 않았지만 부정하지 않는 제이의 모습에 최장훈은 주먹을 불끈 쥐었다. 사무실에 있는 사람들은 자신들이 생각한 것보다 훨씬 꼬여 있는 상황에 각자 나름대로 머리를 굴리고 있었다.

"이 멍청한 놈아, 나한테라도 바로 말했어야지! 말해봐! 빨리!"

최 팀장의 계속된 추궁에 제이는 힘겹게 입을 열기 시작했다.

"준이 때문에 자숙할 때였어. 택이랑 동우는 당분간 집에서 쉰다고 갔고… 나는 어차피 집이나 숙소나 같으니까 그냥 있었어. 그날 밤에도 작업하고 있었는데 갑자기 시끄러운 소리가 들리더라고. 그래서 거실로 나갔는데… 동훈이가 입에서

피를 흘리고 있었어. 거실에 흥건하게……."

"준 그 새끼가 때렸어?"

"어. 또 술을 먹었는지 많이 취했더라고. 어떻게 해야 하나 생각했지. 형은 그때 일 때문에 일본에 있었고. 그래서 김 본한테 전화했어. 당장 온다고 해서 기다리는데 동훈이 입안이 심하게 찢어져서 피가 안 멈췄어. 그래서 급한 마음에 동훈이 데리고 숙소 앞에서 본부장 기다렸는데……."

"그럼 기사에 나온 그 피투성이 사진이 그렇게 된 거였어? 그걸 본부장이 너한테 덮어씌우고? 도대체 넌 그걸 왜 받아들인 거야?"

최 팀장은 화가 치밀어 오르면서도 지금까지 전혀 모르고 있던 것이 미안했는지 입을 열지 못했다. 한참 동안 사무실에는 말이 없었고, 잠시 후 제이가 조심스럽게 입을 열었다.

"해체된다고 그러더라고. 지금은 후회되는데… 그때는 목이 망가질 줄 몰랐으니까… 계속 가수가 하고 싶었어."

"하……!"

"이미 지나간 일이야."

모든 일을 덮어쓰려는 제이의 모습에 사무실 안의 사람들은 답답한 듯 제이를 보고 있었고, 인상을 찡그리고 그 말을 듣고 있던 윤후가 툭 말을 뱉었다.

"착하네요. 또 누명 씌운 사람을 끝까지 걱정하시고."

김 대표는 윤후의 헛소리에 고개를 젓다가 윤후를 쳐다봤다.

"또라니? 네가 그걸 어떻게 알아?"

"모르셨어요?"

"그걸 내가 어떻게 알아? 빨리 말해봐."

윤후는 김 대표의 책상 앞에 모여 있는 사람 중 제이를 쳐다보면서 입을 열었다.

"선배님 대기실에 있을 때 거기 스태프 있었어요?"

"아니……."

윤후의 말대로였다. 대기실에 들어온 스태프라고는 윤후가 처음에 도착했을 때 앨범을 나눠 준 사람들이 다였다. 간단히 생각해 봐도 스태프가 대기실까지 들어와 제이가 만졌다는 것을 목격했을 리가 없었다.

"맞나 보네요. 그럼 플라이 멤버 모두가 제 기타에 손댄 거 알고 있어요? 동영상에서 들리는 소리로는 그런 것 같지도 않은데. 아는 사람이라고는 저 준이라는 사람하고 둘뿐이잖아요. 선배님은 아니라고 그랬으니까 그럼 한 사람뿐이네요."

다들 현장에 없었기에 알 리가 없었다. 그렇다고 해도 그 모든 것을 이미 알고 있는 것처럼 말하는 윤후가 새롭게 보였다.

"…너 뭐여? 왜 갑자기 똑똑한 척혀는 겨?"

"시끄러, 이 자식아. 제이 너도 들었지? 윤후 말이 맞아?"

최 팀장은 천천히 고개를 끄덕이는 제이를 바라보며 주먹을 꽉 쥐었다. 지금까지 플라이와 그렇게 붙어 있었으면서도 그런 사실을 모르고 있었다는 것에 화가 났다. 제이가 얘기를 해줬더라면 지금까지 오해를 받으며 지내지 않아도 됐을 텐데. 형이 가르쳐 준 음악을 위해서 끝까지 남아 있으려고 했을 제이를 생각하니 가슴이 울렁거렸다.

"몰라줘서 미안하다……."

"아니야……."

김 대표는 그런 제이를 가만히 내려다봤다. 대충 돌아가는 사정을 보니 누명은 누명대로 쓰고 쫓겨나기까지 했다. 그런 걸 혼자서 5년 동안이나 겪은 제이를 보니 답답하고 미련스러워 보였다. 그런 제이를 보던 김 대표가 숨을 크게 쉬고 입을 열었다.

"DY 재밌는데? 최 팀장도 DY 있을 때 이런 일 했어?"

"안 했습니다. 아마도 본부장이 지시한 것 같습니다."

"그래? 본부장 얼굴 한번 보고 싶네."

김 대표는 피식 웃고는 제이를 쳐다봤다. 그러고는 주머니에서 차 키를 꺼내고 대식에게 던졌다.

"대식아, 신입 교육 잘했지?"

"그럼유! 제가 누군디유."

"너라서 묻는 거야. 신입 쟤한테 붙여. 차는 당분간 이거 쓰고."

"이거 대표님 차 아녀유?"

제이는 계약을 무효로 돌릴 줄 알았는데 자신에게 매니저를 붙인다는 소리에 고개를 들어 김 대표를 쳐다봤다. 이 상황에 자신을 데리고 있어봤자 좋을 것이 없을 텐데 김 대표는 알 수 없는 웃음을 짓고 있었다.

"네가 한 짓 아니라며? 이제부터는 내 일이야. 네가 전에 있던 회사에서 뭘 어떻게 했는지 모르겠지만, 앞으로 우리 회사에 있는 동안은 무조건 일 생기면 말해야 된다. 알았어?"

"네, 감사합니다."

"그리고 준이라는 놈은 혼 좀 나야겠다."

최장훈은 김 대표의 말에 주먹을 불끈 쥐었다. 소속 뮤지션들과 가족처럼 지내는 모습을 봤지만 설마 제이한테까지 이렇게 대해줄 줄은 몰랐다. 하지만 고마움도 잠시뿐, 현실적인 문제에 걱정이 된 최장훈은 씁쓸한 미소를 지었다.

"감사합니다. 하지만 DY이랑 부딪쳐서 좋을 건 없을 겁니다."

"괜찮아. 우리를 뭐로 보는 거야? 우리 방송국과도 싸우는 회사야! 그깟 DY? 웃기라 그래."

최 팀장은 김 대표의 말에 눈치채고 있었는지 고개를 끄덕거렸다.

"역시 맞았군요. 이상하게 낮에 본 회사 뮤지션들이 KBC 스케줄은 하나도 안 잡혀 있어서 설마 했는데 파워 게임 하시는 중이었네요. 대표님께서도 잘 알고 계시겠지만, 이익을 위해서는 방송국보다 더 더러운 게 기획사입니다. 게다가 DY는 분쟁에 익숙합니다. 마음은 감사하지만, 이번 일은 제가 직접 해결하겠습니다."

최 팀장의 말에 가장 놀란 건 윤후였다. 지금 생각해 보니 KBC만 방송이 없었다. 김 대표가 지금 말하지 않았다면 끝까지 몰랐을 것이다.

"그래서 방송국에서 전화했구나?"

"뭐? KBC에서 너한테 전화했다고? 네 번호를 어떻게 알고? 아, 재진이 형……."

김 대표는 박재진을 떠올리고는 고개를 저었다.

"구 PD가 직접 전화했어?"

"네."

"하긴 회사에도 전화 와서 방송 봤느냐고 확인하더라."

회사에서는 KBC에서 전화가 오면 정해진 매뉴얼대로 읊고 있었기에 얘기가 진행될 리가 없었다. 그렇기에 전혀 알 수가 없었다. 구 PD가 직접 윤후의 번호를 알아내 전화했다면 분명 이유가 있을 터였다. 언제까지 KBC와 척을 질 수는 없었기에 직접 방송국에 찾아가 보려는 참이었다.

"최 팀장, 내가 도와줄까?"

"아닙니다. 제가 직접 해결하겠습니다."

"어떻게… 고소하게?"

"…한번 부딪쳐 봐야죠."

"그럼 한 3년간은 활동 못 하겠네."

김 대표는 최 팀장과 제이를 번갈아 쳐다보고는 입을 열었다.

"야, 제이. 너 며칠간 욕먹어도 괜찮아?"

"…네."

"그래? 좀 많이 먹을 텐데? 덥덥이들이 꽤 날뛰거든."

"덥덥이가 뭔지 잘 몰라서요. 그리고 데뷔해서 서른네 살인 지금까지 계속 욕만 먹어서……."

"하하하, 그래."

김 대표는 비록 조금 답답하지만 정신은 강해 보이는 제이를 보며 크게 웃었다. 그러고는 최 팀장을 보며 약간 걱정이 되는 듯 입을 열었다.

"제이는 말 잘하지? 막… 단답형으로 말하고 그러진 않지?"

"네, 재미는 없지만… 말은 잘합니다. 그런데… 그걸 왜 물어보시는지……."

"방송 하나 해. 내가 잡아놓을게."

"방송에서 직접 터뜨리란 말씀이십니까?"

"직접 터뜨리면 개싸움밖에 더 돼? 다른 데서 터뜨려야지. 하하하!"

김 대표는 열심히 설명했고, 그 설명을 들은 최 팀장은 침을 꿀꺽 삼켰다. 오전에 본 좋은 사람이 아니라 이 회사로 들어온 게 정말 사기꾼에게 당한 것은 아닐까 의심이 들 정도였다.

*　　　　*　　　　*

녹화된 영상을 송출실에 건넨 구 PD는 초췌한 얼굴을 하고 흡연실 문을 열었다. 그동안 담배를 피울 시간도 없었기에 지친 몸으로 흡연실 의자에 앉았다. 그러자 이미 흡연실 안에 있던 동료 PD들이 구 PD에게 말을 걸었다.

"구 PD, 뭐 하는데 편집실도 잠그고 일했어?"

"아니야."

"이상하네. 너희 팀 애들 전부 말만 하면 아니라고 하고. CP님도 묻지 말라고 그러고."

"몰라도 된다."

"궁금하니까 그러지. 그리고 보니 라온 대표 왔다 간 다음부터 국장님도 너 안 찾고… 너 혹시 후랑 녹화 떴냐?"

"아니야. 힘드니까 말시키지 말고 그냥 방송 봐. 난 숙직실

가서 자야겠다."

구 PD는 내려오는 눈꺼풀을 부여잡으며 걸음을 옮겼다. 숙직실에 도착한 구 PD는 간이침대에 걸터앉아 한숨을 내쉬었다. 며칠 전 연락조차 되지 않던 라온의 김 대표가 직접 찾아온 뒤부터 자신은 지옥의 연속이었다.

라온의 대표가 직접 찾아와 건넨 제안은 방송국 입장에서는 고민될 문제였다. 당장 이번 주 '두근거리는 밤'에 윤후가 출연하는 것은 자신이 힘들기는 하지만 밤을 새우면 해결될 것이기에 걱정되지 않았다. 하지만 지금 대중들의 입방아에 오르내리는 제이까지 게스트로 출연하겠다는 말은 썩 달갑지 않았다. 연예 뉴스도 아니고 웃음을 줘야 하는 토크 예능에서 문제가 있는 인물을 게스트로 쓰는 것 자체가 말이 안 됐다.

하지만 그때 김 대표가 내민 영상은 그런 고민을 떨쳐 버리게 만들었을 뿐만 아니라 방송국의 입장에서 봐도 굉장한 메리트가 있었다. 이 정도 반전이라면 예능적인 이슈뿐만이 아니라 진실을 알리고 있다는 방송국의 이미지까지 한층 올라갈 것이다.

국장 역시 방송국이 우선이었기에 고민 끝에 결정되었다. 이상한 놈 하나 잘못 건드려서 손해 보는 것이 한두 가지가 아니었다. '두근거리는 밤' 팀의 스태프들에게도 욕을 먹어가며 촬영했고, MC에게 사정사정해 가며 겨우 스케줄을 잡았다. PD라는 직업을 처음으로 후회하며 촬영했지만, 지금 구 PD의 피곤한 얼굴에는 미소가 걸려 있었다. 방송이 나갔을 때 어떤 파장을 불러올지 두근거렸다.

*   *   *

방송 당일까지 기사가 퍼져 나가 제이를 향한 대중의 돌팔 매질은 날이 갈수록 점점 더 심해졌다. 당장 연예계 퇴출 운동까지 벌이고 있는 사람들도 있을 정도이니 당장에 연예계를 떠나도 이상하지 않았다.

KBC와 회사 간의 회의 끝에 방송 몇 시간 전 기자들에게 제이가 '두근거리는 밤'에 출연했다는 보도 자료를 뿌리기 시작했고, 그 기사를 접한 대중들의 돌팔매질은 더욱 거세지고 있었다.

〈무데뽀 정신? 사과해도 모자랄 판에 예능 출연!〉

대부분 이런 식의 기사였다. 제이는 이미 그럴 것이라는 얘기를 들었지만 차분하게 받아들여지지 않았다. 심지어는 하지도 않은 일까지 루머처럼 번지고 있는 상황이었다. 게다가 자신을 영입한 라온 엔터까지 싸잡아 욕을 먹고 있는 상황이 부담스러웠다. 지금 와서 밝힌다고 달라지는 것이 있을까 하는 생각에 모든 것을 포기할까 생각도 했다. 하지만 그러고 싶지 않았다. 스스럼없이 대해주는 회사 식구들이 있었고, 무엇보다 옆에서 자신은 신경도 쓰지 않는 윤후가 가장 큰 이유였다.

사람이 이럴 수 있을까 하는 생각이 들 정도였다. 머릿속에 악기라도 있는지, 곡을 같이 부르겠다며 수정한다는 것까지는 이해하겠는데 수정하는 방법이 이상했다. 악기로 연주를 하거나 노트에 적지도 않고 잠시 눈을 감고서 고개를 끄덕이는 게 전부였다.

"선배님, 나중에 이거 같이 불러보실래요?"

이미 원곡을 들어봤기에 윤후의 바람대로 듀엣으로 노래를 부르기는 어려울 것 같았다. 자신 때문에 바뀌어 버린 노래가 아까웠기에. 하지만 자신의 곡을 부르는 윤후를 생각하면 그 모든 것을 잊게 만들 만큼 가슴이 뛰었다. 다만 너무 늦게 만난 것이 아쉬웠다.

그때, 제이의 휴대폰에 익숙한 번호로 전화가 걸려왔다. 번호를 확인한 제이는 얼굴을 찡그리고 한참 동안 전화를 쳐다보다 통화 버튼을 눌렀다.

"네가 어쩐 일이야?"

―한 가지만 물을게. 녹화에서 얘기했어?

"뭘? 네가 매니저 때린 거? 아니면 윤후 기타 만진 거? 어떤 걸 말하는 거야?"

―설마 다 얘기한 건 아니지? 안 그랬지? 형도 우리랑 다시 플라이 해야 하잖아. 안 그래? 내가 본부장님한테 말 잘해볼게. 형 바로 불러올 수 있어. 형도 알지? 우리 외삼촌이 우리 앨범 투자한 거? 이번에도 그럴 거 같아.

어릴 때부터 봐온 준이 어떤 표정을 짓고 있을지 생각하니 씁쓸한 마음도 들었다. 같이 있을 때 느끼던 불안함보다 떨어져 있는 불안함이 더 큰지 횡설수설하는 준의 목소리였다.

생각에 빠져 대답을 하지 않자 한껏 성난 듯한 준의 목소리가 들려왔다.

―야, 유성재! 사람들이 네 말을 믿어줄 거 같아? 너 팬도 없잖아! 지금도 뒤지게 욕먹고 있는데 그냥 조용히 있지? 만약에 방송에서 이상한 얘기 하나라도 했으면 나 가만 안 있어!

제이는 전화기에서 들리는 준의 목소리를 들으며 피식 웃었다. 겁이 나는 모양인지 쉴 새 없이 떠들고 있었다. 조금 전 아주 잠깐이라도 녹화한 것을 걱정한 자신이 한심스럽다는 생각에 준의 목소리가 들리고 있는 전화를 끊어버렸다.

"……."

"걱정 마. 신경 안 쓰니까."

제이는 자신을 물끄러미 쳐다보고 있는 윤후가 걱정할까

봐 괜찮은 듯 미소를 지었지만, 윤후는 그다지 신경 쓰고 있
지 않았다.

"그게 아니라요, 선배님 음역대가 여기까지 올라갔죠?"

오로지 노래에만 빠져 있는 윤후의 모습에 제이는 허탈해
져 웃었다.

"야, 선배님 대신 형이라고 그래. 대식 씨한테는 형이라고 그
러더만."

"대식이 형보다 나이 많잖아요."

"야, 한 살 차이라고. 왜, 대식 씨보다 나이 많아서 형이라고
부르기 그래?"

"네, 그것보다 이것 좀 보세요."

옆에서 하는 통화에도 전혀 관심도 없고 오로지 음악에 꽂
혀 있는 모습 때문에, 제이 역시 준과의 통화도 잊고 피식 웃
어버렸다.

*　　　　*　　　　*

사무실을 지키는 종락을 제외하고 모든 회사 식구들이 옥
상에 올라와 있었고, 윤후 역시 옥상에 올라와 혼자 정자에
앉아 있었다.

제이의 일을 빨리 마무리하고 작업하고 싶다는 생각에 직

접 출연까지 했다. 그리고 최선을 다해 녹화를 했건만, 사무실 직원들의 표정은 제이의 일 때문인지 즐기는 얼굴이 아니었다.

다만 최 팀장만이 화면을 보며 무언가를 열심히 적고 있었다.

아직까지는 대부분 윤후만 화면에 비추고 있었고, 자신이 녹화하면서 꽤 재미있다고 느낀 장면이 나왔다.

─이번 곡도 맞힐 수 있을지 궁금하네요. 그럼 음악 주세요.

영상 속에서는 곡의 반주를 1초 정도 들려주고, 그 노래를 맞히는 게임을 하는 중이었다.

같은 음이라도 곡마다 사용되는 악기가 다르기에 쉽게 맞히고 있었지만, 이번에 들리는 곡은 건반 소리만 들려왔다.

─정답.
─네, 이번에도 후 씨! 우리 MC들, 분발해야겠는데요! 하하!
─'dreamer', 피아노 연주곡 '이슬'… 마지막으로 '달빛의 연가'. 총 열네 곡이요.

윤후는 화면 속에서 대답하는 자신을 보며 고개를 끄덕였다. 지금 들어도 그 음으로 시작하는 노래는 화면에서 대답한 열네 곡이라는 것이 확실했다. 녹화 당시에는 들을 수 없었지만 지금 화면에서는 자신이 대답한 열네 곡을 전부 비교하고 있었고, 일치한다는 사실을 확인시켜 주었다.

"대표님, 후… 천재였습니까?"

"응? 그럴걸. 검사 같은 건 안 해봤는데 한 번 들은 건 대부분 외우더라고. 게다가 영어도 수준급으로 잘하는 거 보면 다른 것도 잘하지 않을까? 무엇보다 스스로 좋아서 하잖아. 근데 음악만 관심 있지 다른 건 하나도 관심 없더라. 아, 사진도 있구나."

김 대표는 최 팀장의 질문에 답하고서 화면으로 눈을 돌렸다. 게임하는 장면이 대부분이었다. 김 대표는 방송 시간을 채우기 위해 구 PD가 얼마나 고생했을지 눈에 선했다.

지금 화면만 봐도 윤후의 인터뷰는 전혀 보이지 않고 있었다. 구 PD의 얼굴을 생각해 보던 김 대표는 통쾌한 웃음을 터뜨렸다.

그리고 화면에 처음으로 제이에게 질문하는 MC의 말이 들렸다.

─상당히 많은 질타를 받고 계시는 와중에 어려운 발걸음을 해주셨어요. 마음고생 많으시죠?

─저는 익숙하죠. 다만 옆에 있는 후나 저를 받아주신 회사 식구 분들께 죄송하고 감사할 뿐이죠.

오랜 MC 경험이 있는 덕분에 무겁지 않은 분위기에 근황을 물어보는 가벼운 질문들로 시작되었고, 제이는 차분한 목소리로 답하고 있었다. 오랜 연예계 생활을 한 탓인지 아니면 후와 비교가 되어서인지 모르겠지만 제이의 인터뷰는 매끈하게 이루어지고 있었다.

─시청자 여러분께 하시고 싶은 말씀이 있다고 들었습니다.

영상 속의 제이는 고개를 끄덕이며 자리에서 일어섰다. 그러고는 카메라를 향해 고개를 꾸벅 숙이고 입을 열었다.

─오랜 기간 함께한 플라이의 이름에 먹칠을 해서 죄송하게 생각합니다. 그리고 팬 여러분과 시청자 여러분, 정말 죄송합니다. 반성하고 또 반성하겠습니다. 반드시 좋은 음악으로 보답하겠습니다.

제이가 보컬이던 당시 플라이의 1집 앨범 중 인기 있던 곡이 배경음으로 깔리면서 한동안 제이의 모습이 화면에 담겼다. 그러고는 잠시 뒤 MC의 멘트를 끝으로 방송이 끝났고, 김 대표는 바로 자리에서 일어나 제이의 등을 두드리며 입을 열었다.

"깔끔하게 말 잘하네. 지금 욕은 엄청 먹고 있겠다. 며칠만 참아."

"괜찮습니다. 익숙한걸요."

"하하, 그래. 잠시만 참아. 최 팀장, 그런데 정말 이렇게 크게 벌여도 되는 거야? 너무 커지는 거 같은데?"

김 대표의 질문에 최 팀장이 제이를 물끄러미 쳐다보며 입을 열었다.

"이런 경우 확실히 하는 편이 좋습니다. 그리고 전 매니저도, 인터뷰 영상도 직접 확인했습니다. 대표님이 말씀하신 대로 제이의 이미지를 바꿀 수 있는 기회이기도 하고요. 내일 밤이 지나면 바뀔 겁니다."

*   *   *

숙소의 거실에 앉아 TV를 보던 플라이의 준은 화면의 나오는 제이의 모습에 입술을 매만졌다. 준은 제이가 입을 열 때마다 흠칫흠칫 놀라며 침을 삼켰다.

"저 새끼는 지금 먹는 욕도 부족한가 봐. 준아, 안 그래?"

"으, 응? 아, 원래 저랬잖아."

"하긴, 그러고 보니 자기 때문에 우리 강제로 쉴 때도 지 혼자만 당당하게 다녔어. 그렇지? 지금도 고개 빳빳하게 들고 할 말 다 하잖아."

준은 같은 멤버들의 말에 더 불안해졌다. 지금 당장에라도 제이의 입에서 사실이 아니라는 말이 나올 것만 같았다. 일 분이 한 시간처럼 느껴지던 방송이 제이의 사과와 함께 끝이 났다. 그제야 준은 한숨을 내쉬며 자리에서 일어섰다.

"야, 지금 욕 엄청 먹는다. 어휴."

방으로 들어온 준은 휴대폰을 꺼내 들었다.

멤버의 말대로 KBC의 홈페이지는 마비가 될 정도로 항의 글이 쇄도하고 있었다. 범죄자를 연예계에서 퇴출시켜도 모자랄 판에 방송에 내보내는 것이 말이 되느냐는 글이 대부분이었다.

심지어는 프로 자체를 폐지해야 된다는 글까지 올라오고 있었다. 그런 글을 읽던 준은 그제야 마음이 놓이는지 침대에 누웠다.

                    *   *   *

이틀 뒤.

DY의 본부장이 플라이의 준의 방문을 거칠게 두드렸다.

"최민준, 문 열어!"

그동안 긴장한 탓인지 깊은 잠에 빠져들었던 준은 시끄러운 소리에 눈을 떴다.

방문을 부술 듯이 두드리는 소리에 간신히 눈을 뜨고 잠근 방문을 열었다.

"외삼촌? 새벽에 무슨 일이에요? 본부장님도 오셨어요?"

"빨리 나와. 기자들 몰리기 전에."

"…네?"

"묻지 말고 빨리 나오라고."

"알았어요. 옷 좀 입고요. 이러고 어떻게 나가요."

"그냥 나와!"

준은 심상치 않은 본부장의 모습에 얼굴을 찡그렸다.

제이가 출연한 방송도 직접 확인했기에 걱정될 일이 없건만, 외삼촌과 외삼촌의 친구인 본부장의 모습에 의아하기만 했다.

"왜 그러시는데요?"

"나오라고, 인마! 너 다 걸렸다고! 기자들 몰리면 골치 아프

276 여섯 영혼의 노래, 그리고 가수

니까 일단 조용한 곳으로 가자."

"자, 자, 잠깐만요."

시간이 없다며 재촉하는 외삼촌의 말에도 준은 침대 위에 놓인 휴대폰을 들었다.

그러고는 설마 하는 마음으로 들어간 포털 사이트를 본 순간 준은 그 자리에서 무너지고 말았다.

1. 최민준
2. 음주, 폭행 공소시효
3. KBC 한 주의 연예

준은 자신의 저지른 잘못을 인정하는 것보다 어떻게 사람들이 알게 되었을까 하는 생각이 먼저였다. 그리고 그 원인은 제이일 것이라고 생각했다.

"제이가 말했어요?"

"그랬으면 같이 물고 늘어지기라도 하지. 일단 가면서 얘기하자."

소란 탓인지 멤버들까지 부스스한 얼굴로 상황을 지켜보고 있었고, 준은 멤버들을 뒤로하고 빠르게 집을 나섰다.

"어떻게 알았는데요?"

"너 불꽃 축제에서 제이한테 맞을 때 그거 스태프 중 한 명이 영상을 찍었다더라."

"뭐요? 이런 개 같은 년이……."

"조용히 해. 그걸 '한 주의 연예'에서 입수했어. 그래서 사실
인지 취재했더라. 동훈이 그 새끼랑도 인터뷰까지 했고. 그게
어제 방송에 다 나갔어."

"그 새끼가 말했어요?"

"그래. 이미 네가 시인한 영상이 있으니까 이때가 기회다 싶
었겠지."

상황이 생각보다 심각한 탓에 구겨진 얼굴로 걸음을 옮겼
다.

어떻게 헤쳐 나가야 하나 생각하며 주차장에 도착한 준은
그 자리에 멈춰 선 채 고개를 떨구고 말았다.

카메라에서 터지는 플래시가 주차장을 대낮으로 만들었다.

*　　　　　*　　　　　*

윤후는 계단 벽에 붙어 있는 포스터들을 보며 옥상으로 향
했다. 어제까지만 해도 그냥 벽이었건만 언제 붙였는지 회사
소속 뮤지션들의 포스터가 전부 붙어 있었다.

그중에는 자신의 앨범 사진도 있을 뿐 아니라 아직 데뷔도
하지 않은 'FIF'의 사진도 걸려 있었다.

"이걸 왜 붙였어요?"

"니가 봐도 이상허지? 사진도 아니고 말이여. 아까 첨에 휴대폰으로 대충 찍어분 걸 프린트한 거여. 얘들도 쪽팔린지 붙이지 말라고 말라고 허는 걸 결국 붙여놨구먼."

김 대표라면 충분히 그럴 수 있다고 생각하며 고개를 끄덕이곤 계단을 올랐다.

윤후는 열려 있는 문으로 보이는 옥상의 풍경에 고개를 돌려 대식을 쳐다봤다.

"저는 언제 말하면 돼요?"

"질문을 혀야 말을 허지. 질문 안 허믄 그냥 가만있으면 댜. 근디 최 팀장님이 주신 건 다 외운 겨?"

"네."

윤후는 최 팀장이 외우라고 한 말을 떠올리며 옥상으로 발을 옮겼다.

그러자 천막 안에 있던 사람들이 윤후를 발견하곤 쉴 새 없이 카메라를 눌러대기 시작했다.

"기자 여러분, 잠시만 양해 부탁드립니다. 충분히 기자 여러분의 궁금증을 풀어드릴 테니 촬영은 잠시 후에 부탁드리겠습니다."

마이크와 앰프까지 설치된 옥상에 최 팀장이 기자들을 정리하고 있었다.

윤후는 모여 있는 기자들보다 참 다양한 용도로 사용하는 옥상의 모습에 감탄하며 걸음을 옮겼고, 앉아서 손짓하는 제이의 옆으로 가서 앉았다. 그러자 최 팀장이 다시 장내를 정리하고서 입을 열었다.

"그럼 기자회견을 시작하겠습니다."

＊　　　　＊　　　　＊

"이미 영상 속 내용이 사실이라고 뒷받침해 주는 인터뷰가 등장했습니다. 보셨습니까?"

"네, 아주 잠깐이었지만 함께한 매니저였습니다."

"5년 전 제이 씨가 폭행했다고 알려진 매니저가 밝힌 내용 중에 DY의 본부장이 연루되어 있다는 말이 있는데 알고 계셨습니까?"

"저는 그저 그 일 때문에 상처받았을 매니저 동훈이에게 미안한 마음뿐입니다."

"그럼 후 씨의 기타 사건의 최초 유포자가 전 멤버 준 씨라는 것이 밝혀졌는데 어떻게 생각합니까?"

"아직 밝혀진 건 아니라고 들었습니다. 확인된 사실만 얘기하고 싶습니다."

윤후는 옆에서 대답하는 제이보다 마이크를 들고 서 있는 최 팀장이 신기하기만 했다. 어떻게 예상한 질문들이 그대로 나오는지 너무나 신기했다.

"이틀 전 방송에서도 분명히 오해를 풀 수 있었을 것이라 생각합니다. 전 매니저의 인터뷰에 의하면 그룹을 유지하려고 사실을 밝히지 않았을 거라고 했습니다. 정말 밝히지 않을 생각이었습니까?"

"국민 여러분을 속인 점은 죄송하게 생각합니다."

"그럼 '두근거리는 밤' 방송이 나간 뒤 다음 날 같은 방송사의 연예 프로그램에서 처음 사실이 보도된 것은 어떻게 설명하실 겁니까?"

"저희도 보고 놀랐습니다. KBC 방송 관계자 여러분께도 사과드립니다."

질문에 답을 하고 있지만 인정을 하는 것도 하지 않는 것도 아닌 애매한 대답을 늘어놓고 있었다. 이미 예상 질문과 답변을 읽어본 윤후지만 여전히 신기하기만 했다. 그때 자신에게 질문이 왔고 외운 대로 대답했다.

"후 씨에게 질문입니다. 기타 사건의 진실을 처음 접했을 때 어떠셨나요?"

"제이 선배님이 간곡하게 준 씨를 용서해 줄 수 없느냐고 말씀하셨고, 저도 이미 지난 일이기에 더 묻고 싶지 않았습니다."

예상대로 흘러가는 모습에 만족스러워하던 최 팀장은 잘했냐는 듯이 자신을 쳐다보는 윤후의 모습에 당황했다.

하지만 그것도 잠시였고, 베테랑답게 빠르게 수습하며 질문을 받았다.

"한편에서는 위계로 인하여 공무 집행을 방해했다는 것에 대해 문제 삼고 있습니다. 이미 공소시효가 지났다고 하더라도 이 문제에 대해 어떻게 생각하시는지 말씀해 주시지요."

"백 번, 천 번 잘못했다고 생각합니다. 그에 대해서는 모두 제 잘못이라고 생각합니다. 이것에 대해서 문제가 있다면 책임지겠습니다."

질문하는 기자들도 지칠 만큼 오랜 시간 동안 진행된 기자회견이었다. 그리고 기자들은 기자회견 와중에도 내용을 곧바로 소속된 언론사로 실시간으로 전송하고 있었다.

기자들도 충분히 만족하는 얼굴들이었다.

"그럼 마지막으로 제이의 입장을 발표하는 것으로 기자회견을 마무리하겠습니다."

최 팀장이 제이를 보며 고개를 끄덕였고, 제이가 자리에서 일어섰다.

"팬분들과 국민 여러분께 심려를 끼쳐드려 죄송합니다. 앞으로 좋은 음악으로 보답하겠습니다. 감사합니다."

윤후 역시 자리에서 일어난 제이를 보곤 일어섰다.

앞이 안 보이도록 터지는 플래시를 향해 고개를 숙이고 있는 제이였고, 윤후는 그런 제이를 물끄러미 쳐다봤다.

물론 최 팀장의 대본하에 이루어진 내용이었지만, 좋은 음악을 들려주겠다는 말이 마음에 들었는지 윤후 역시 고개를 숙이며 기자회견이 끝이 났다.

*   *   *

커다란 나무들이 둘러싸고 있는 펜션 안의 준은 손톱을 물어뜯으며 제자리를 빙빙 돌고 있었다.

하룻밤 사이에 제이와 입장이 뒤바뀌어 버린 것도 모자라 제이는 기자회견에서도 끝까지 책임을 지려 하는 모습에 어느새 상남자로 포장되어 있었다. 그에 비해 준은 자신을 위해 희생한 형을 끝까지 이용하는 쓰레기가 되어버렸다.

"왜 이렇게 연락이 안 되는 거야?"

그때 펜션 문이 열리면서 이곳으로 안내해 준 외삼촌이 보이자 준은 급했는지 신발도 벗지 못한 외삼촌에게 질문을 해댔다.

"연락됐어요? 뭐라고 그래요? 왜 대응을 안 하고 있는 건데요?"

"준아, 미안하다."

"네? 외삼촌이 왜요?"

말을 하지 못하는 외삼촌의 모습에 불길함을 느낀 준은 기사를 검색했고, 여전히 실시간 검색어에서 내려오지 않고 있는 자신의 이름과 함께 있어서는 안 되는 기사가 눈에 들어왔다.

〈플라이 해체. 멤버들조차 전혀 몰랐던 이야기들〉
〈DY와 갈라선 플라이? 준은 어디로?〉

"이게 뭐예요? 저한테 말도 없었는데요?"

"그렇게 됐어. 회사에서도 책임지기에는 너무 큰 문제가 되어버렸대. 몇 년 쉬다가 다시 부른다고 그랬으니까 잠잠해질 때까지 조금만 기다리자."

"무슨 소리 하는 거예요! 언제까지 기다리라고요! 몇 년 쉬다가 평생 못 나오는 사람들 한두 명 본 줄 아세요? 일단 회사로 가요. 본부장님하고 얘기해야겠어요."

"준아, 김 본도 지금 쫓겨났다. 그래도 회사에서 소송 거는 것까지는 막아준다고 그랬어. 대신 군대에 가라더라. 나이도 꽉 찼고… 이참에 군대 갔다 오는 것이 좋을 거 같아. 이미 기사 나갔을 거다."

준은 생각지도 못한 일인지 머리를 움켜쥐며 거실을 하염없이 돌았다. 일이 어쩌다 이 지경까지 왔나 생각해 봤다.

그날 기타를 만진 일을 라온에 전하지만 않았어도 제이는 끝까지 묻고 갔을 것이다.

언제나 자신이 잘못하면 누구보다 꾸짖으면서도 책임져 주던 제이의 모습이 떠오르자 준은 급하게 휴대폰을 들었다.

"제이 형!"

연결음이 몇 번 울리지도 않았건만 바로 연결된 제이와의 전화에 준은 약간의 희망을 보았고, 다시 제이의 이름을 불렀다.

"성재 형, 나야. 준이."

그 어느 때보다 친근하게 제이의 본명까지 불렀지만, 전화기에서 들리는 말소리는 제이의 목소리가 아니었다.

—제이 씨 담당 변호사 채시온이라고 합니다. 번호를 보니 플라이의 준 씨로 보이는데 맞습니까?

전화기 너머로 들리는 차가운 말투에 놀라 대답하지 못하고 있을 때, 휴대폰 너머의 목소리가 말을 이었다.

—지금부터 이루어지는 통화 내용은 전부 녹음됩니다. 녹취 내용은 법적으로 사용될 수 있다는 점도 알려 드립니다. 동의하시죠? 동의하시면 민사상으로도 녹취에 대해선 어떤 책임도 물으실 수 없습니다. 그럼 무슨 일로 전화하셨죠?

"……"

준은 조용히 종료 버튼을 누르고 휴대전화를 든 채 멍하니 서 있었다. 마지막 희망이라고 생각한 제이와 연결조차 되지 않자 그제야 실감이 났다.

"준아……."

외삼촌이라는 사람의 부름에 준은 천천히 고개를 돌렸다.

"저 끝인가 봐요……."

*   *   *

같은 시각 최 팀장의 부름에 사무실에 앉은 윤후는 신입 김진주의 통화 내용에 고개를 갸웃거렸다.

"후 님, 왜요? 제가 예쁜가요? 헤헤."

"흠, 아니요. 이름이 왜 두 개인가 해서요. 채시온? 김진주?"

윤후가 의아한 얼굴로 김진주의 대답을 기다릴 때, 앞에 앉은 최 팀장이 종이를 흔들며 대답했다.

"내가 진주 씨한테 부탁한 거야. 근데 그건 다 봤어?"

회사에서 조심해야 될 사람이 생겨 버린 것 같은 기분이다. 김 대표는 즉흥적이라고 본다면 최 팀장은 하나부터 열까지 계획적으로 빈틈이 없어 보였다.

지금 내미는 종이조차도 시간대별로도 부족해 분 단위로 스케줄이 적혀 있었다.

"새벽부터 녹화야. 4시에 대식이 갈 거니까 미용실 들렀다가 녹화해. 그리고 1위 후보니까 본방송까지 마치면 오후 6시 20분 정도 되겠다."

"……."

"그리고 8시에 숲 엔터에서 회의 있는데 어떻게 할래? 회사로 올래, 아니면 숲으로 바로 갈래?"

알아듣기 쉽긴 했지만 빡빡한 느낌에 이마를 긁적였다.

게다가 지금 윤후의 최대 관심사는 숲 엔터에 건네준 비트도 아니고 방송 녹화도 아니었다. 옆에서 걱정스러운 얼굴로 있는 제이와 목소리를 맞춰보는 것이었다.

"제이는 내일 참고인 조사 받으러 가야 하니까 이거 다 외우고. 관심 쏠려서 액션만 취하는 거니까 부담 갖지 말고."

네다섯 장 정도의 A4 용지임에도 제이는 익숙한지 살펴보곤 최 팀장에게 조심스럽게 물었다.

"알았어. 그런데… 준이는……?"

최 팀장은 이 와중에도 준의 안부를 묻는 제이의 모습에 입을 굳게 다물었다. 그러고는 제이에게 보이도록 모니터를 돌렸다.

〈준! 군대로 도망?〉

〈입대해서 반성하겠습니다!〉

"준이는 신경 쓰지 마. 이미 끝난 놈이야. 한 달 남았다더라. 그것보다 DY에서 김 본한테 고소할 거 같아. 지금 DY 손실이 말이 아니거든. 그래서 우리도 사기, 협박으로 같이 넣을 수 있는데 지금 네 이미지도 좋고 문제없을 것 같아. 다만 기자회견 때와 다르게 전부 사실대로 말해야 할 거야. 어떻게 생각해?"

제이는 본부장 말이 나오자 얼굴을 찡그리곤 최 팀장을 쳐다봤다.

"본부장은 뭐라는데……?"

"미안하다고 그러지. 이 바닥에서 발붙이진 못할 거야."

제이는 잠시 고민하다가 고개를 돌려 윤후를 쳐다봤다. 대화에는 전혀 신경 쓰지 않고 다른 생각을 하는 윤후의 모습에 심각한 와중에도 피식 웃음이 나왔다. 무슨 생각을 하는지 훤히 보였다.

"형, 내 이미지 좋아지고 있지?"

"그럼. 지금도 기사 계속 나오고 있으니까 더 좋아지겠지. 인터넷에서 반응도 폭발적이고."

최 팀장이 정신없이 움직이는 직원들을 가리키며 말했고, 제이는 그 모습을 보고 고개를 끄덕였다.

"본부장은 됐어. 어차피 구속 확실하다며. 그것보다 지금

바뀐 이미지로 윤후랑 노래하면 도움 될까?"

제이는 그제야 자신을 향해 빠르게 고개를 돌리는 윤후를 보고 씨익 웃었다. 최 팀장도 제이의 말을 이해하고는 미소 지었다.

"입 무거운 남자, 그룹을 지키려 한 상남자 이미지에 록 스피릿이라고 그러니까 록을 하면 도움 되겠지. 그래도 일단 회사에서 들어보고 판단할 거야. 만약에 조금이라도 이상하면 캔슬인 건 생각해 두고."

다시 노래를 시작하려는 제이였다.

*   *   *

새벽같이 방송국 근처에 도착한 윤후는 창문을 얼굴에 대고 있었다. 10월의 새벽이기에 해가 뜨고 있기는 했지만 아직 어두웠다. 하지만 그럼에도 불구하고 많은 사람들이 기다란 줄을 만들고 있었다.

"형, 잠깐만요."

"안댜. 또 노래 부르고 그러면 쟈들 관리하는 애들이 힘들어지는 겨."

"인사만 할게요."

대식의 만류에도 윤후는 기어코 창문을 열었다. 그리고 그

때 뜻밖의 장면이 윤후의 눈에 들어왔다.

"너희들까지 오늘 못 들어갈 거 같은데, 이거 살래?"

"얼만데요?"

"인원당 3만 원. 앞에 애들한테 말하지 말고. 살래, 말래?"

윤후는 이게 무슨 일인가 싶어 좀 더 듣고 싶었지만, 차가 움직이는 바람에 지나쳐 갔다. 뒤에서 그 장면을 함께 보고 있던 미정이 그 상황을 아는지 입을 열었다.

"에후, 가끔 가다 임원 뽑아놓으면 그걸로 장사하는 애들이 있어. 너무 신경 쓰지 마. 곧 잘리니까."

순간 윤후의 이마가 구겨졌다.

"차 세워주세요."

"왜, 인마?"

"세워주세요."

평소에도 딱딱한 말투였지만, 지금 윤후의 말투는 딱딱하다기보다 화를 내고 있는 것처럼 느껴졌다.

대식은 한숨을 내쉬며 차를 세웠다.

윤후는 차가 멈추자 바로 차에서 내려 조금 전에 온 길을 되돌아 걸었다.

"어? 후? 후다!"

"진짜 후 님이다! 꺄아!"

"오빠! 오빠!"

윤후가 차에서 내리자마자 서 있던 줄이 흐트러지며 윤후 쪽으로 사람들이 몰리기 시작했다.

그럼에도 윤후는 터벅터벅 걸어갔고, 그 뒤를 수십 명이 따라붙는 형상이 되었다. 그리고 윤후는 아까 본 여학생들 앞에 섰다.

"사지 마요."

너무 놀라 대답도 하지 못하는 여학생이었고, 인원 담당으로 보이던 임원 여학생은 침을 꿀꺽 삼켰다. 윤후는 임원 여학생을 한 번 쳐다보고 입을 열었다.

"팔지 마세요."

"네? 네, 죄송해요."

잔뜩 얼어 있는 임원의 모습에 오늘 사전 녹화의 인원을 체크하는 담당자가 무슨 상황인지 알아채고 방청권을 팔고 있던 여학생을 노려봤다.

회사에서 올 사람이 아직 도착하지 않았기에 담당을 맡고 있는 사람이 모든 책임을 져야 했다. 책임자가 임원 여학생을 끌고 갔고, 윤후는 그 모습을 보고 나서야 손에 들고 있던 천을 내밀었다.

"오늘 이벤트 상품."

"네?"

"사람 많아서 못 들어온다고 들었어요."

"네. 그래도… 이거 받아도 돼요?"

여학생들은 툭 건드리면 울 것 같은 얼굴이었다. 윤후는 그 모습을 보고 차에 실려 있던 천으로 된 슬로건을 한 장씩 나눠 주고 뒤돌아섰다.

"오빠! 우리도 못 들어가요! 우리도 주세요!"

윤후는 옆에서 고개를 빠르게 흔드는 대식을 보곤 고개를 숙이며 말했다.

"미안해요. 다음에."

"아, 오빠! 오빠!"

수많은 팬들이 윤후가 차에 오를 때까지 쫓아오자 윤후는 멈춰 서서 손가락을 내밀어 좌에서 우로 주욱 그었다.

"줄."

잠깐 동안 정적이 흐른 뒤 팬들은 마치 최면이라도 걸린 듯 수줍어하며 자신들이 서 있던 장소로 돌아갔다. 그 모습을 확인한 윤후는 차 문을 닫았다. 그러자 뒤에 있던 미정이 뭔가 걱정스러운 얼굴로 윤후에게 말했다.

"우리 후, 조런 잘하네. 그래도 누나가 한마디 해도 될까?"

"네."

"팬들한테 잘해주는 것도 좋지만 어느 정도 거리를 두는 편이 좋아. 왜냐하면… 에이, 아니다. 우리 후가 알아서 잘하겠지. 대식 오빠, 출발!"

윤후는 씩씩하게 내뱉는 말과 다르게 걱정스러운 얼굴인 미정을 보고 고개를 갸우뚱거렸다.

자신의 노래를 좋아해 주고 새벽임에도 불구하고 줄 서 있는 모습이 안쓰럽고 감사했을 뿐이다. 그렇기에 미정이 하는 말이 이해가 되지 않았다.

*　　　　　*　　　　　*

윤후에게 천으로 된 슬로건을 받은 팬들은 인원 체크가 끝나고 녹화에 참여하지 못했음에도 줄을 이탈하지 않고 있었다.

계속해서 다른 팬들이 윤후가 직접 건네준 슬로건을 팔 생각이 없느냐고 묻고 있었다.

"저… 혹시 그거 파시면 안 될까요? 십만 원 드릴게요. 네?"

수많은 팬들이 가격을 올려가며 서로 사겠다는 말에 여학생들은 움츠러들었다.

"팔까?"

"안 돼! 우리 후 오빠가 직접 준 건데!"

"그냥 그렇다고. 앞에 애들 쳐다보는 거 봐. 난 무서워."

슬로건을 받은 세 여학생 중 유독 한 학생만이 팔라고 제안하는 팬들과 눈싸움을 하고 있었다. 그러고는 입꼬리를 올리며 입을 열었다.

　"절대 안 팔아! 우리 후가 직접 준 거니까 백만 원, 천만 원 준다고 해도 안 팔 거야!"

『여섯 영혼의 노래, 그리고 가수』 4권에 계속…

초대형 24시 만화방

신간 100%, 샤워실, 흡연실, 수면실(침대석), 커플석, 세탁기 완비

■ 광명 광명사거리역점 ■

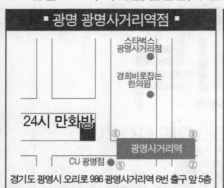

경기도 광명시 오리로 986 광명사거리역 6번 출구 앞 5층
02) 2625-9940 (솔목타워 5층)

■ 강북 노원역점 ■

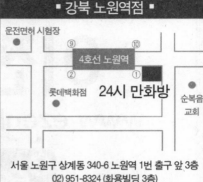

서울 노원구 상계동 340-6 노원역 1번 출구 앞 3층
02) 951-8324 (화용빌딩 3층)

■ 일산 정발산역점 ■

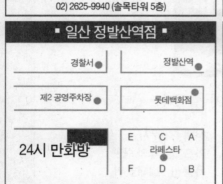

라페스타 E동 건너편 먹자골목 내 객잔건물 5층
031) 914-1957

■ 일산 화정역점 ■

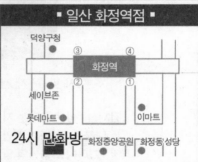

경기도 고양시 덕양구 화정동 984번지 서일빌딩 7층
031) 979-4874 (서일사우나 건물 7층)

■ 부천 역곡역점 ■

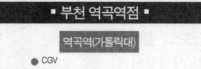

역곡남부역 기업은행 건물 3층
032) 665-5525

■ 부평역점 ■

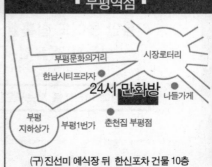

(구) 진선미 예식장 뒤 한신포차 건물 10층
032) 522-2871